8 G
9228 228

I0679998

Charles VELLAY
DOCTEUR ÈS LETTRES, RÉDACTEUR A *LA DÉPÊCHE*

108 X 1913

LE PROBLÈME

MÉDITERRANÉEN

Le point de vue anglais. — Le point de vue allemand. — Le point de vue italien. — Le point de vue austro-hongrois. — Le point de vue russe. — Le point de vue français. — Conclusion.

BERGER-LEVRAULT, ÉDITEURS

PARIS		NANCY
Rue des Beaux-Arts, 5-7		Rue des Glacis, 18

1913

Prix : 1 fr. 25

LE PROBLÈME

MÉDITERRANÉEN

8 9
9228

*Tous droits de reproduction, de traduction et d'adaptation
réservés pour tous pays.*

CHARLES VELLAY

DOCTEUR ÈS LETTRES, RÉDACTEUR A *LA DÉPÊCHE*

LE PROBLÈME

MÉDITERRANÉEN

Le point de vue anglais. — Le point de vue
allemand. — Le point de vue italien. —
Le point de vue austro-hongrois. — Le
point de vue russe. — Le point de vue
français. — Conclusion.

BERGER-LEVRAULT, ÉDITEURS

PARIS	NANCY
Rue des Beaux-Arts, 5-7	Rue des Glacis, 18

1913

LE

PROBLÈME MÉDITERRANÉEN

I

LE PROBLÈME MÉDITERRANÉEN

Si le problème méditerranéen est aussi vieux que la civilisation européenne, il a subi au cours des siècles tant de modifications qu'il semble s'être rajeuni ou renouvelé à chacune des grandes périodes de l'histoire. L'aspect que les événements lui ont donné depuis quelques années est marqué par trois caractéristiques principales qu'on peut résumer ainsi :

Celles des grandes puissances qui avaient déjà une fenêtre sur la Méditerranée multiplient les efforts pour fortifier ou pour agrandir la place qu'elles y occupent;

Celles des grandes puissances qui n'ont point de contact immédiat avec elle cherchent par tous les moyens à y conquérir un domaine et une influence;

Les puissances faibles, menacées par ces âpres convoitises, doivent se transformer ou disparaître.

Cette triple loi domine implacablement depuis dix ans toute la politique méditerranéenne de l'Europe. C'est elle qui a poussé la France au Maroc, où elle a rencontré, au point de vue méditerranéen, l'opposition britannique; c'est elle qui a poussé l'Italie en Tripolitaine; c'est elle qui a poussé l'Angleterre à préciser et à élargir sa politique égyptienne, et à rêver l'occupation de nouveaux territoires dans l'Archipel et dans la Syrie. C'est elle encore qui pousse l'Allemagne et la Russie à ouvrir à leurs vaisseaux les routes de cette mer. C'est elle enfin qui oblige l'Espagne à tenter de reconquérir une place dans le concert européen en réorganisant sa diplomatie et sa flotte; qui oblige les États balkaniques à se grouper et à s'entr'aider pour ne point être dévorés par les ambitions de l'Autriche, de l'Italie et de l'Angleterre; qui efface de la carte d'Afrique et de la carte d'Europe le Maroc et la Turquie, pour n'avoir pas eu la force diplomatique ou militaire de résister à l'invasion.

Si, comme tout permet de le penser, la même loi continue à peser sur les destinées méditerranéennes, il n'est pas difficile de prévoir que les puissances se maintiendront ici dans la mesure où elles sauront conserver intactes leurs forces militaires et leur influence morale, et que celles des nations faibles ou isolées, comme la Turquie d'Asie, auxquelles on laissera quelque répit, resteront comme une proie offerte aux plus audacieux ou aux plus forts.

Cette rivalité infatigable et passionnée qui met aux prises presque tous les États européens suffit, à elle seule, à démontrer l'importance d'une telle question dans la politique contemporaine. Qu'une nation comme l'Allemagne, qui n'a point de port en Méditerranée, ait pourtant une politique méditerranéenne, et fasse de cette politique un des pivots de sa politique extérieure; que l'Angleterre, menacée jusque dans ses eaux territoriales par l'Allemagne grandissante, éprouve cependant le besoin de transporter à Malte ses plus récents et ses plus puissants navires : de tels faits soulignent assez clairement le rôle prépondérant que joue dans les préoccupations de l'heure présente ce problème essentiel pour toutes les nations et vital pour quelques-unes.

Il faut donc l'envisager sous tout son jour, l'étudier dans toutes ses manifestations, en saisir toutes les formes. Et cela surtout est malaisé. Car, malgré son importance, ou peut-être en raison même de cette importance, il est obscur et variable, et il n'est possible de l'embrasser dans toute son ampleur et de le préciser dans tous ses détails qu'en se plaçant successivement au point de vue de chacune des puissances intéressées. Il n'y a point de problème méditerranéen en soi; mais il y a un problème méditerranéen pour chacune des nations de l'Europe. La résultante même de tous ces points de vue divers apparaît mal, parce qu'ils se combattent et s'excluent naturellement les uns les autres, au lieu de se coordonner et de se fondre. Bien mieux, aucun de ces points de vue n'est immuable. Ils varient tous avec les circonstances, les événements, les nécessités de toute nature qui pèsent sur la politique de chaque État, et on peut dire qu'il n'y a pas un moment où le problème soit vraiment fixé, même pour un temps.

Une des grandes erreurs de l'opinion publique française est de simplifier à l'excès des questions dont la nature est précisément d'être complexes. C'est ainsi qu'elle n'a jamais cessé d'opposer les deux groupes européens de la Triple-Alliance et de la Triple-Entente, et qu'elle s'est habituée à tout subordonner à cette opposition fondamentale et à prendre cette conception puérile pour critérium de ses jugements. Pendant la guerre balkanique, notamment, cette base d'appréciation a été une source perpétuelle d'illusions et de désillusions, qu'il eût été facile d'éviter, et dont les conséquences n'eussent pas été, à certaines heures, sans gravité. En réalité, dans toutes les questions méditerranéennes, les puissances se groupent suivant les nécessités du moment, et telles qui paraissaient la veille parfaitement unies se tranforment, le lendemain, en adversaires résolues. C'est ainsi qu'on a pu voir l'Angleterre, la France et l'Italie se grouper et s'entendre sur certains points, un peu plus tard l'Italie se rapprocher de la Russie et s'entendre avec elle sur d'autres points, plus récemment enfin l'Angleterre se rapprocher de l'Allemagne et de l'Autriche pour faire obstacle à la politique de la Russie. Ces oscillations sont nécessaires et logiques, et personne ne s'en étonnerait, si l'on ne s'était pas accoutumé à considérer les alliances et les ententes comme des liens rigides et étroits qui interdisent à chacun des contractants toute initiative et tout mouvement isolé.

Là encore, un seul fil conducteur évite de s'égarer dans ces contradictions successives ou simultanées : c'est de ne pas chercher à envisager dans son ensemble un problème qui n'a en réalité que des aspects partiels, et de se placer tour à tour à chacun des postes d'observation qu'occupent les diplomaties européennes. Seule, cette méthode remet quelque unité dans un débat dont l'objet en a si peu, et quelque clarté dans les antagonismes obscurs dont on n'aperçoit généralement que les résultats, sans en avoir compris les origines ni la marche.

LE POINT DE VUE ANGLAIS

Les ministres anglais ont eu, à plusieurs reprises, dans le cours de l'année 1912, l'occasion d'exposer le plan, l'évolution et le but de la politique britannique dans la question méditerranéenne. Lord Crewe, le 2 juillet, à la Chambre des Lords, Sir Edward Grey, le 11 juillet, à la Chambre des Communes, enfin M. Winston Churchill, le 22 juillet, à la même Chambre, ont tour à tour précisé et expliqué la nature et l'importance de cette politique. Il faut faire état de ces trois discours, et aussi de certains articles publiés dans la presse anglaise à l'occasion des mouvements parallèles ou concertés des flottes méditerranéennes de la Grande-Bretagne et de la France, pour saisir la signification et la portée de chacune des attitudes ou de chacun des actes de l'Angleterre.

On se souvient que, par une entente restée secrète, et dont les conditions n'ont jamais été bien précisées, l'Angleterre et la France établirent dans les premiers mois de 1912 (1) un plan commun de défense de leurs intérêts méditerranéens. L'esprit général de ce plan aboutissait à une concentration des forces navales de la France en Méditerranée et des forces navales de l'Angleterre dans l'Atlantique et dans la mer du Nord. En réalité, ces mesures, d'ordre exclusivement stratégique, provoquèrent une émotion que Lord Selborne

---

(1) En mars probablement, si l'on veut faire état de cette phrase de M. Winston Churchill dans son discours du 22 juillet : « La réorganisation des escadres en dehors de la Méditerranée est conforme à ce qui était prévu au mois de mars dernier. »

traduisit, le 2 juillet, à la Chambre des Lords, dans un discours impressionnant. Lord Crewe, en lui répondant, ne chercha pas à cacher l'embarras dans lequel se trouvait le Gouvernement britannique. Il expliqua que l'accroissement indéfini de la flotte se heurtait à une impossibilité matérielle, en raison des dépenses énormes qu'un tel programme entraînait et des difficultés de recrutement des équipages (1).

Une deuxième solution, dit-il, consisterait à conclure avec d'autres puissances des arrangements militaires précis; mais cette politique est en contradiction avec les traditions séculaires de l'Angleterre. Une troisième consisterait à se confier à la force des choses, qui ne peut manquer d'amener à nos côtés un certain nombre d'alliés; mais cette politique, basée sur le hasard, n'est pas sans danger.

Ces paroles révélaient un désarroi assez profond dans les conseils du Gouvernement. Dans les jours qui suivirent, la question méditerranéenne devint la préoccupation dominante de l'Amirauté britannique et du Foreign Office. On chercha à résoudre ce problème paradoxal, de fortifier la situation stratégique de l'Angleterre dans la Méditerranée sans demander à la flotte de nouvel effort. C'est alors, si l'on en croit le *Daily Graphic* (2), que des propositions furent faites à l'Italie, qui avait déjà conclu en 1902, comme on sait, des arrangements avec la France et l'Angleterre. Il est vraisemblable que ces propositions, si elles furent réelles, n'aboutirent à rien de précis (3).

---

(1) Cette question du recrutement des équipages a été longtemps et est encore la pierre d'achoppement de tous les projets navals anglais. C'est elle qui paralyse le développement de la marine britannique au profit de ses rivales, c'est-à-dire au profit surtout de la marine allemande, qui ne connaît pas, sur ce point, les mêmes difficultés. Pour faciliter le recrutement des équipages, le Gouvernement anglais a, le 1er décembre 1912, élevé de 15 % la solde des marins.

(2) Du 9 juillet. Voir à ce sujet notre article dans *La Dépêche* du 10 juillet.

(3) Dans son numéro du 18 septembre 1912, la *Frankfurter Zeitung* déclarait sans ambages : « Les hommes d'État italiens n'ont pas voulu conclure de traité naval avec la France et l'Angleterre. La France et l'Angleterre se sont entendues seules. »

Sous la pression de l'opinion publique, le Gouvernement anglais modifia graduellement son premier point de vue. Dès le 11 juillet, Sir Edward Grey déclarait à la Chambre des Communes que, si la diplomatie pouvait apporter un concours efficace à la défense des intérêts britanniques en Méditerranée, et si l'on pouvait admettre, dans une certaine mesure, que l'Angleterre renonçât à une supériorité absolue dans cette mer, il fallait néanmoins que la flotte anglaise y représentât un élément de combat égal à toute autre flotte.

Il n'est pas nécessaire, dit-il, que nous entretenions dans la Méditerranée des flottes capables de tenir tête à toutes les autres flottes réunies. Si nous abandonnions entièrement la Méditerranée, nous serions exposés à ce qu'on ne tînt plus compte de nous, et notre situation, au point de vue diplomatique, deviendrait plus difficile. Nous devons conserver dans la Méditerranée une force navale suffisante pour nous permettre de compter comme l'une des puissances navales de la Méditerranée (1).

Le 22 juillet, M. Winston Churchill, accentuant délibérément la volte-face du Gouvernement, justifiait le rappel de l'ancienne escadre de Malte par des arguments inattendus. Ce n'était pas, à l'en croire, pour diminuer les forces navales de l'Angleterre dans la Méditerranée que cette mesure avait été décidée, mais au contraire pour les accroître en les renouvelant.

Nous avons résolu, dit le ministre, de retirer de Malte les six navires de guerre les plus anciens et de les remplacer par quatre croiseurs de bataille du type *Invincible*. Ces bâtiments se rendront à leur poste cet hiver. Dans l'intervalle, une puissante escadre de croiseurs sera disponible qui pourra faire des croisières dans la Méditerranée en attendant que les bâtiments désignés soient

---

(1) Sir Edward Grey, se plaçant exclusivement au point de vue diplomatique, ajoutait qu'il ne lui appartenait pas de déterminer ce que devait être techniquement la flotte méditerranéenne de l'Angleterre. Le *Daily Express* demandait le lendemain que la flotte anglaise dans cette mer fût égale aux flottes de l'Autriche et de l'Italie réunies.

complètement en état de service et que des dispositions soient prises pour leur réception. En outre, nous avons l'intention de renforcer l'escadre de croiseurs qui aura pour base Malte, en substituant aux quatre navires qui y sont actuellement quatre autres plus modernes et plus puissamment armés. Tous ces navires auront Malte pour base (1).

Comme canons, les deux escadres ont naturellement une supériorité énorme sur les navires de guerre remplacés. Elles représentent en elles-mêmes et par elles-mêmes une force navale formidable, même sans l'aide de l'escadre de Gibraltar. L'escadre des croiseurs qui, à elle seule, disposera d'une bordée de 32 canons de 12 pouces aura une vitesse dont n'approche aucun des bâtiments de même puissance construits ou en construction ou en projet dans la Méditerranée.

Une force de ce genre convient spécialement pour la protection du commerce. Avec la flotte de la France, elle constituera une force supérieure à toutes les combinaisons possibles.

Cette dernière phrase était un aveu implicite de l'entente avec la France. Elle marquait la nécessité de cette entente, qui devenait la base de tous les plans de l'Amirauté britannique.

Le ministre continuait en ces termes :

Il est assez vraisemblable qu'il faudra renforcer l'escadre de la Méditerranée vers la fin de cette année et, dans ce cas, des mesures nécessaires seront à prendre, mais il serait prématuré de les établir actuellement.

Je dois ajouter cependant qu'il ressort des avis reçus par l'Amirauté que l'une des puissances méditerranéennes (2) se propose d'augmenter considérablement son programme naval. Mais en pareille matière nous n'avons pas à agir d'après des conjectures ou des suppositions. Il est inutile de dire que, si ces informations sont exactes, elles recevront de notre part une prompte attention et seront l'objet de mesures sortant du cadre de toutes les prévisions que j'ai données sur les futures constructions navales (3).

---

(1) Les mesures indiquées ici par M. Winston Churchill furent en effet réalisées aux dates prévues. Les quatre croiseurs de bataille du type *Invincible*, destinés à remplacer les six navires de guerre les plus anciens de Malte, furent l'*Invincible*, l'*Indefatigable*, l'*Indomitable* et l'*Inflexible*. Les quatre autres croiseurs dont parle le ministre, furent le *Warrior*, le *Duke of Edinburgh*, le *Black-Prince*, et le *Hampshire*.

(2) Allusion à l'Autriche-Hongrie.

(3) En fait, les événements balkaniques amenèrent l'Angleterre à modifier les dispositions qu'elle avait prévues, et elle maintint sa troisième escadre dans la Méditerranée au delà du terme désigné. Mais ce ne fut

En réalité, et malgré l'accord conclu avec la France, accord qui d'ailleurs n'envisageait, suppose-t-on, que certaines éventualités, la politique britannique est restée en cette occasion fidèle à ses directions traditionnelles. Les amitiés n'enchaînent point sa liberté. Elle les invoque ou les délaisse selon les circonstances, et c'est en cela que la méthode des ententes lui paraît infiniment plus avantageuse que celle des alliances. Elle va d'un groupe à l'autre, se rapproche ou s'écarte tour à tour de chaque puissance, et, dans la seule question méditerranéenne, on la voit tantôt faire ouvertement état de la coopération des forces françaises, tantôt marquer vis-à-vis de la France, dans les affaires marocaines par exemple, une défiance obstinée (1). Déjà, dans son discours du 11 juillet, Sir Edward Grey faisait à cet égard des déclarations précises. « Les groupes diplomatiques séparés, disait-il, ne doivent pas nous préoccuper; ils ne constituent nullement des sections diplomatiques opposées. » De là d'incessantes affirmations de neutralité entre le groupe de la Triple-Alliance et le groupe franco-russe. Jamais l'Angleterre n'a consenti à s'associer d'une manière générale à la France et à la Russie contre la Triple-Alliance, pas plus d'ailleurs qu'elle n'a consenti à adopter une attitude délibérément favorable à la Triple-Alliance. Au moment même de la guerre balkanique, elle s'est séparée nettement de la France et de la Russie, parce qu'elle a cru pouvoir recueillir du côté de l'Autriche des avantages plus certains. Dès le 17 octobre, le correspondant du *Temps*

---

point le programme austro-hongrois qui détermina son attitude; ce fut, comme on le verra plus loin, l'installation d'une escadre allemande dans les eaux méditerranéennes.

(1) On sait que c'est au veto catégorique de l'Angleterre que nous devons de ne point avoir pu prendre possession du Maroc septentrional. L'Espagne était peu disposée à s'engager dans de nouvelles aventures marocaines. Ce fut l'Angleterre qui l'y poussa, afin de mettre une barrière entre Gibraltar et le Maroc français. On sait aussi que l'Angleterre nous demanda l'engagement de ne point fortifier la côte atlantique du Maroc.

à Vienne traduisait en ces termes les indications qu'il avait recueillies : « On dit que le Gouvernement anglais serait disposé à se rapprocher de l'Autriche dans les affaires orientales, afin de réagir contre les sympathies de la Russie pour les États balkaniques (1)... » Un peu plus tard, le 6 novembre, le *Times* soutenait en termes chaleureux les « intérêts » de l'Autriche (2). Trois jours après, le 9 novembre, M. Asquith faisait, au banquet du Guildhall, des déclarations non moins précises et protestait contre les classifications arbitraires qui rangeaient les puissances en groupes ennemis. En fait, la diplomatie anglaise, pendant toute cette période, lia partie avec la diplomatie austro-hongroise, et, par elle, avec la diplomatie allemande et la diplomatie italienne.

C'est qu'en effet, s'il est possible à l'Angleterre de s'entendre avec la Russie sur les affaires de Perse ou de Mongolie, elle reste rebelle à toute entente d'ordre méditerranéen. L'ouverture des détroits à la flotte russe de la Mer Noire serait pour elle un coup si sensible qu'elle n'a cessé de déployer toutes les ressources de sa stratégie diplomatique pour l'empêcher ou la retarder. Chaque fois que la Russie a essayé de soulever cette irritante question, l'hostilité du Gouvernement de Londres a été immédiate et énergique. Sans doute, il arrivera un moment où l'expansion territoriale de la Russie en Asie Mineure (3) pourra ouvrir à la flotte russe un port méditerranéen, et rendre vaine cette opposition britannique; mais cette éventualité elle-

---

(1) *Le Temps* du 18 octobre 1912.
(2) « Les intérêts de l'Autriche dans le problème balkanique sont si immédiats et si directs qu'ils ne sauraient être traités à la légère... » (*Times* du 6 novembre.)
(3) Voir plus loin *Le point de vue russe*.

même a été envisagée à Londres, et c'est pour y donner en quelque sorte une réponse anticipée que l'Angleterre a songé à faire de la Crète une île anglaise.

A vrai dire, les convoitises de l'Angleterre sur la Crète sont déjà anciennes. En 1878, elle eût préféré cette île à l'île de Chypre, qui n'offre point les mêmes avantages stratégiques. Pendant toute la période de 1878 à 1912, c'est elle qui s'est élevée avec le plus d'obstination contre tout projet d'union de la Crète à la Grèce, parce que tant que la Crète restait nominalement sous la dépendance de la Turquie, l'Angleterre pouvait espérer recueillir un jour cette partie de l'héritage ottoman. Quand la guerre balkanique éclata, elle se hâta d'affirmer son désir. L'ambassadeur d'Angleterre à Vienne, Sir Fairfax Cartwright, déclarait au Gouvernement autrichien : « Nous voulons la Crète (1). » Et ce fut surtout en raison de l'annexion de la Crète par la Grèce que le Gouvernement anglais prit soin de répéter à plusieurs reprises que les décisions des États balkaniques victorieux ne pourraient être admises sans revision par les puissances européennes (2).

La phrase de Sir Fairfax Cartwright, indiscrètement révélée, amena un démenti de pure forme, qui ne per-

---

(1) *Le Temps* du 18 octobre 1912. Voir aussi, à ce sujet, dans *L'Éclair* du 18 octobre l'article de M. Ernest Judet : *Le coup de la Sude.* Pour nous, nous avions déjà signalé, dès le 1ᵉʳ septembre précédent, dans *La Dépêche*, les « visées spéciales de l'Angleterre sur la Crète ».

(2) La note anglaise du 14 novembre 1912 est en ce sens tout à fait caractéristique. Elle fut publiée à l'occasion du conflit austro-serbe, mais en élargissant internationalement la base du débat et en posant la question sous un aspect général. La voici :

« On est de plus en plus disposé, dans les milieux diplomatiques, à souhaiter vivement qu'on n'accorde pas à la question d'un port pour la Serbie une attention aussi grande, alors qu'il y aura à traiter, après la guerre, de si nombreuses questions, dont quelques-unes sont d'une importance vitale pour les intéressés, et que ces questions devront être étudiées avec le plus grand soin par une conférence européenne.

« Toutes les puissances admettent d'ores et déjà que la Serbie a besoin d'un accès à la mer, et ce serait là une de ces questions, mais on est fortement d'avis que, pendant la guerre qui se poursuit, le moment est mal choisi pour soulever de pareilles questions et toute action de ce genre est regardée comme prématurée.

« On fait remarquer qu'une occupation militaire, au cours des hostilités,

suada personne (1). Tout le monde savait en effet que
l'Angleterre avait essayé et essayait encore à ce moment
de lier ses ambitions et ses plans à ceux de l'Autriche,
et de lui demander dans la question crétoise un appui
qu'elle offrait de lui rendre dans les problèmes balkaniques.

Au reste, il est facile de comprendre les convoitises
britanniques, si l'on examine avec quelque attention
les avantages que peut assurer à une grande puissance
la possession de l'île de Crète. Placée au sud de l'Archipel, elle ferme de toute sa longueur, qui est d'envi-
ron 250 kilomètres à vol d'oiseau, la mer Égée, ne laissant à l'est et à l'ouest que des passages relativement
faciles à surveiller et à défendre. A l'est, la distance qui
sépare le cap Sidero, extrême pointe de la Crète, du
point le plus rapproché du continent asiatique, c'est-à-
dire de l'extrémité de la presqu'île de Cnide, est d'en-
viron 150 kilomètres; à l'ouest, la situation est plus
favorable encore, puisque le bras de mer qui s'étend
entre le cap Malée en Grèce et le cap Spada en Crète
n'a pas une largeur de plus de 90 kilomètres. Installée
en Crète, l'Angleterre serait donc maîtresse d'interrom-
pre à son gré les communications des puissances de la
mer Égée avec la Méditerranée, c'est-à-dire de bloquer
à distance les détroits et de surveiller les fenêtres maritimes que la Russie réussirait à s'ouvrir (2).

**

ne saurait suffire pour régler toutes les considérations politiques si com-
pliquées qui devront être abordées.
  « Toutes les puissances approuvent entièrement la déclaration de M. Asquith que des questions de cette nature ne devront être abordées pour le
règlement général que dans une période plus opportune, plus calme, et
qu'à un moment où les esprits seront moins surexcités que pendant le
cours des hostilités. »
  (1) *Le Temps* lui-même déclarait : « Il ne nous est pas permis de douter
du mot (de Sir Fairfax Cartwright) que tout le monde répète à Vienne :
« Nous voulons la Crète... » (*Le Temps* du 19 octobre 1912.)
  (2) Si la Russie tend, par l'Arménie, vers Adana et le golfe d'Alexandrette, elle rencontrera une autre sentinelle anglaise, l'île de Chypre.

On comprend donc que, si elle parvient à occuper
l'île de Crète (1), l'Angleterre puisse, dans une certaine
mesure, se désintéresser du partage éventuel de l'Asie
Mineure, dont toutes les côtes occidentales et méridio-
nales, depuis les Dardanelles jusqu'au golfe d'Alexandrette, resteraient en quelque sorte soumises à son
contrôle. Mais entre le golfe d'Alexandrette et le canal
de Suez le problème change d'aspect. La Syrie est une
terre exceptionnelle, qui doit à sa situation géographique
et à sa richesse d'être l'objet des convoitises de plusieurs puissances. Or la Grande-Bretagne ne verra pas
sans déplaisir tomber aux mains d'un autre nation
cette porte qui s'ouvre à l'Orient sur la Mésopotamie,
la Perse et les Indes. Elle s'est habituée à considérer la
Syrie et l'Arabie comme des dépendances naturelles
de l'Égypte, et il est douteux qu'elle renonce sans lutte
à des territoires dont elle prépare méthodiquement
l'absorption depuis plusieurs années.

Un des chefs du nationalisme égyptien, Ali Bey
Kamel, mettait fortement en relief, dès le 24 septembre
1910, ce plan d'expansion britannique. Après avoir

---

(1) L'Angleterre ne renoncerait sans doute à la Crète que si ce renoncement était nécessaire pour obtenir un renoncement égal de certaines
autres puissances sur les îles de la mer Égée. L'Angleterre, en effet, tient
par-dessus tout à ce qu'aucune grande puissance n'occupe les situations
stratégiques de ces parages. Quand, en janvier 1913, l'Italie commença
à manifester publiquement son désir de ne pas abandonner les Sporades,
manifestation qui coïncidait avec l'affirmation de l'Allemagne de se maintenir dans la Méditerranée (Voir plus loin, *Le point de vue allemand* et
Le point de vue italien), l'Angleterre parut disposée à prendre une attitude
énergique et préféra envisager l'annexion de toutes les îles à la Grèce
plutôt que l'installation de l'Italie et de l'Allemagne dans quelques-unes
d'entre elles. Voici, à ce sujet, l'information qu'adressait au *Journal de
Genève* son correspondant de Londres : « La question des îles de la mer
Égée commence à prendre une grande importance en Angleterre. Je suis
en effet à même de vous assurer que Sir Edward Grey regarde comme
vital le règlement définitif de cette question. et que l'Angleterre ne per-
mettra à aucune puissance de s'installer dans une quelconque de ces îles.
Le Gouvernement britannique irait jusqu'à considérer comme un *casus
belli* toute tentative de cette nature. D'accord avec la France et la Russie,
la Grande-Bretagne désire que toutes les îles soient placées, avec certaines
garanties, sous la souveraineté de la Grèce; l'Italie fera donc bien de comprendre à demi-mot les conseils que lui donne le Gouvernement britannique. » (*Journal de Genève* du 21 janvier 1913.)

montré que « l'Égypte est la clef de la Syrie avec Jérusalem, qu'elle commande les Lieux saints de l'Islam en tenant La Mecque par Djeddah, qu'elle est l'antichambre des Indes et de l'Extrême-Orient », il ajoutait :

... Pour la domination britannique, l'Égypte n'est qu'une première prise... Traitera-t-on ces craintes de chimériques? De tout le plan de domination britannique dont j'ai essayé d'envisager les irréparables conséquences, les lignes sont déjà tracées et les jalons déjà posés. Sur beaucoup de points, l'exécution a commencé. Le chemin de fer qui doit relier l'Égypte à la Syrie, mettre Jérusalem à quelques heures d'El Arich, c'est-à-dire réaliser de nouveau victorieusement le raid de Bonaparte et de Mohamed Aly, est à l'étude. La pose des rails devient une éventualité prochaine. Catholiques et Orthodoxes verront un jour, s'ils n'y prennent garde, flotter sur le Saint sépulcre le pavillon anglais... Les faits démontrent jusqu'à l'évidence que, prenant l'Égypte et le Soudan comme bases d'opération, l'Angleterre a commencé son œuvre d'investissement de toutes les places stratégiques qui commandent le carrefour des trois continents. Ses forces sont en marche. Rien ne les arrêtera si la diplomatie européenne la laisse maîtresse de la vallée du Nil (1).

En effet, dans les mois qui suivirent, le plan anglais se précisa avec d'autant plus de clarté qu'il semblait ne rencontrer devant lui aucune opposition internationale. En juillet 1911, Lord Kitchener était appelé au poste de commissaire du Gouvernement britannique en Égypte, avec des pouvoirs beaucoup plus étendus que ceux dont jouissaient ses prédécesseurs. En même temps, le siège du commandement général des forces britanniques de la Méditerranée était transféré de Malte au Caire, et toute la politique méditerranéenne de l'Angleterre se trouvait ainsi concentrée en Égypte, comme pour agir avec plus de célérité et plus de vigueur sur les problèmes qui touchaient à l'Asie occidentale (2).

---

(1) ALI BEY KAMEL, vice-président du parti national égyptien : *Les Conséquences financières de l'occupation de l'Égypte par l'Angleterre* (Discours prononcé le 24 septembre 1910 devant le Congrès national égyptien, tenu à Bruxelles), pp. 48-50.
(2) Voir à ce sujet notre article *Lord Kitchener en Égypte*, dans *La Dépêche* du 18 juillet 1912.

Ces problèmes, c'étaient précisément ceux qu'avait indiqués Ali Bey Kamel dans son discours du 24 septembre 1910. Lord Kitchener arrivait en Égypte avec un plan parfaitement arrêté et dont les principales dispositions confirmaient avec éclat ce qui avait été dit au Congrès de Bruxelles. Ce plan, on ne tarda pas à le connaître dans toute son ampleur. En avril 1912, la *Fortnightly Review* publiait un article sensationnel et auquel on prêta d'autant plus d'attention que son auteur, disait-on, était un personnage de l'entourage de Lord Kitchener, et que l'article, ajoutait-on, reflétait avec exactitude les desseins du commissaire britannique en Égypte. Cet article se terminait ainsi :

Si la Turquie tombait, l'Égypte pourrait s'y substituer. Il n'y a aucune raison pour laquelle le Khédive ne remplacerait pas le Sultan comme chef de l'Islam. Si fantastique que cette assertion pourrait paraître de prime abord, l'Égypte deviendrait alors la puissance protectrice du Hedjaz et serait maîtresse de La Mecque. Lorsque nous considérons ce que signifierait pour les 94 millions de sujets musulmans de la Grande-Bretagne de se rendre compte que l'Angleterre est la protectrice de la ville sainte, il nous sera permis de spéculer un instant sur la possibilité de réaliser ce rêve gigantesque qui, bien entendu, a déjà traversé le cerveau de beaucoup d'Égyptiens. L'empire égyptien du passé pourrait être encore une fois reconstitué. La Syrie et la Palestine pourraient, comme par le passé, être ramenées sous le contrôle du Caire. Toute l'Arabie y serait annexée sans coup férir, si ces tribus du Yémen, qui sont en rebellion contre les Turcs, étaient disposées (elles le sont déjà) à se soumettre à l'Angleterre.

Pour réaliser un tel programme, Lord Kitchener allait trouver dans le nationalisme égyptien un auxiliaire précieux. Le mouvement d'opposition nationaliste, si violent en Égypte depuis la révolution ottomane de 1908, avait préoccupé assez sérieusement le Gouvernement de Londres. Il était de toute nécessité d'y mettre un terme ; et, puisqu'il n'était pas possible de lui donner satisfaction ni de le réprimer par la force, il fallait le détourner vers d'autres objets et le canaliser

au profit des intérêts britanniques. Cet effort était
déjà manifeste au début de juillet 1912. A cette date,
nous le signalions en ces termes dans *La Dépêche* :

Depuis quelques mois, il semble que Lord Kitchener ait modifié
très sensiblement sa politique à l'égard des nationalistes égyptiens. Au lieu de les combattre de front, il cherche à les attirer
à lui et à créer par eux une sorte de mouvement, non plus panisla-
mique, mais, si l'on peut dire, panégyptien. Il rêve de faire de
l'Égypte le centre moral et politique du monde musulman et de
nourrir les ambitions des agitateurs égyptiens en leur faisant
entrevoir des conquêtes extérieures. Il espère, peut-être avec
raison, que le jour où il aura persuadé à ses adversaires d'aujour-
d'hui que l'avenir de l'Égypte est dans une extension graduelle
du côté de l'Arabie et de la Syrie, leurs esprits, tournés vers ces
grands desseins, ne seront plus préoccupés des problèmes intérieurs, et que, loin de considérer l'Angleterre comme une ennemie,
ils la considéreront comme la grande ouvrière capable de réaliser
ce rêve prodigieux et de rendre à l'Égypte sa gloire et sa puissance
d'autrefois (1).

La crise balkanique, qui s'annonçait dès ce moment,
accentua et précipita l'action britannique. Le 3 septembre, les journaux français enregistraient la dépêche
suivante venue de Londres :

Le *Daily Chronicle* publie des informations de source italienne
suivant lesquelles des négociations diplomatiques seraient en
cours pour la transformation de l'Égypte en royaume sous le
protectorat anglais. L'Angleterre aurait déjà obtenu l'approbation de la France et de l'Italie pour l'abrogation des capitulations
et offrirait à la Turquie une indemnité de 20 millions de livres
sterling. Le Khédive actuel prendrait le titre de Roi, et on estime
que cette combinaison flatterait l'orgueil national des Égyptiens.

En réalité, ce que le Khédive ambitionnait, ce que
l'Angleterre souhaitait, ce que les nationalistes égyptiens attendaient, c'était moins la royauté que le khalifat, car le titre de Khalife constitue une suprématie
spirituelle qui eût mis aux mains de l'Angleterre une

_____

(1) *L'Angleterre et l'Égypte*, dans *La Dépêche* du 7 juillet 1912.

autorité active et absolue sur l'Islam tout entier. Le khalifat transféré au Caire, le Khédive d'Égypte devenant Khalife, et, comme le disait la *Fortnightly Review*, remplaçant le Sultan comme chef de l'Islam, c'est l'Angleterre maîtresse de régulariser à son gré les oscillations du panislamisme, de s'attacher cette force immense pour la faire servir à ses desseins, pour fortifier sa domination sur les Indes, sur la Perse méridionale, sur le Soudan, et aussi pour la transformer à l'occasion en machine de guerre contre les autres puissances musulmanes.

Dès lors on s'explique les informations tendancieuses que le Gouvernement britannique fait circuler pour préparer l'opinion européenne à des éventualités que la guerre balkanique rend de plus en plus possibles et vraisemblables.

Le 9 novembre 1912, *Le Petit Journal* publie la dépêche suivante :

Le Caire, 8 novembre.

Suivant un bruit que nous reproduisons sous toute réserve, le Khédive d'Égypte aurait l'intention de se proclamer Kalife.

On sait que le Kalifat, souveraineté spirituelle dans l'Islam, a existé en Égypte du commencement du treizième siècle jusqu'à 1517, date de la conquête de ce pays par le sultan Selim Ier, qui s'empara du Kalifat et le légua à ses successeurs, les empereurs ottomans.

Le lendemain, la question de la Syrie réapparaît dans une autre information :

Le Caire, 9 novembre.

Le journal *Le Progrès*, qui a des attaches avec le Gouvernement khédivial, publie un article qui produit une vive sensation.

« La situation actuelle de la Turquie, écrit-il, oblige l'Égypte à occuper la Syrie de façon à avoir en mains la clé de l'Arabie. L'Égypte ne peut pas laisser à d'autres puissances la direction de la population cultivée de la Syrie » (1).

_____

(1) *La Liberté* du 10 novembre 1912.

Enfin, le 17 novembre, l'agence Havas communique à la presse française cette autre dépêche venue de Beyrouth :

La population de Syrie est unanime à espérer sa séparation de la Turquie. Tous les catholiques et la grande majorité des musulmans expriment leur ardente sympathie pour la France et montrent une certaine inquiétude résultant du fait qu'un appel a été adressé directement à l'Angleterre par un groupe de musulmans.

Le même état d'inquiétude existe en Égypte. Certains journaux disent ouvertement que l'Angleterre songerait à occuper bientôt la Syrie. On annonce un prochain voyage dans cette région d'un représentant de l'Angleterre en Égypte. La presse et des informations particulières confirment cette dernière nouvelle. Ce représentant anglais parcourrait, dit-on, la Syrie, recevrait des délégations et serait même en mesure de parler de la possibilité d'une intervention de la Grande-Bretagne.

Un grand malaise résulte de cette agitation.

A tant de symptômes, il est facile de reconnaître la marche graduelle du plan dressé en 1910, de ce plan dont la réalisation assurerait à l'Angleterre, sur toute la Méditerranée orientale, une domination plus complète encore que celle qu'elle possède, par Gibraltar et Malte, sur la Méditerranée occidentale.

Ce plan n'est d'ailleurs que l'amorce d'un plan plus vaste encore. De même qu'elle réalise patiemment le programme qu'elle s'est tracé en Afrique, en reliant par une immense voie ferrée Le Caire au Cap, de même elle veut réaliser un programme asiatique, qui ne le cède au précédent ni en importance politique ni en importance économique. Le chemin de fer qui part d'El-Arich pour aboutir à Jérusalem doit, dans la pensée du Gouvernement anglais, se prolonger jusqu'à Bassorah, et de là, à travers la Perse méridionale, jusqu'à Delhi et Calcutta. D'autre part, il faut qu'il se déroule tout entier en territoire britannique. De là la nécessité de soumettre à la domination anglaise la Syrie, ou tout au moins la Syrie méridionale, l'Arabie, et la région du Chat-el-Arab;

quant à la Perse méridionale, on sait qu'un accord anglo-russe l'a déjà transformée en sphère d'influence anglaise. Ainsi les possessions britanniques de l'Asie et celles de l'Afrique se trouveraient soudées les unes aux autres, et ne constitueraient plus qu'un seul territoire, qui s'étendrait des bouches du Nil à celles de l'Iraouddy et d'Alexandrie à Singapour. Il ne s'agit pas là seulement d'un rêve d'impérialisme colonial, mais d'une entreprise considérée comme une nécessité politique et stratégique. La route terrestre d'El Arich à Delhi est en définitive la véritable route des Indes, la plus directe, la plus courte et la plus sûre. Si en se déroulant tout entière en territoire anglais, elle est à l'abri de toute menace extérieure, elle donne à la Grande-Bretagne un moyen excellent de raffermir sa domination sur les Indes, et de la garantir contre l'agitation du nationalisme hindou.

Pour cela, il ne suffit pas d'occuper El Arich, il faut aussi que la Syrie devienne anglaise, parce que la voie ferrée devra remonter vers le nord pour éviter les déserts de l'Arabie septentrionale. Mais, en fait, il n'est pas rigoureusement indispensable que Beyrouth, le Liban, Alexandrette ou Alep entrent dans la sphère que l'Angleterre veut s'approprier. Les intérêts et les rêves anglais peuvent être entièrement sauvegardés, même si la frontière des pays conquis s'arrête approximativement à la latitude de Saint-Jean-d'Acre. Cela permet de concevoir un terrain d'entente avec la France, dont les droits historiques sur la Syrie sont indéniables (1). Mais ce qui demeure certain, et ce que les conversations diplomatiques anglo-françaises de décembre 1912 ont mis en pleine lumière, c'est que la Grande-Bretagne demeure irréductible dans sa volonté d'occuper la Pales-

---

(1) Voir plus loin, *Le point de vue français.*

tine, et qu'elle n'a fait à la France, sur ce point, aucune concession.

D'ailleurs, pour occuper la Syrie, ou même seulement la Palestine, le consentement de la France est insuffisant. Il faudra obtenir le désintéressement de la Russie, et surtout celui de l'Allemagne. Or, si l'on songe que ces deux pays préparent infatigablement l'un la conquête religieuse, l'autre la conquête économique, et par conséquent politique, de la Syrie, on se demande comment ces ambitions contraires pourront s'harmoniser sans conflit.

LE POINT DE VUE ALLEMAND

Le premier pas de l'Allemagne vers la Méditerranée date du jour où, par la volonté de Bismarck, elle cessa de se désintéresser des affaires d'Orient, si étroitement liées à certaines questions méditerranéennes, et où elle joua le rôle d'arbitre entre les ambitions anglaises et les ambitions russes. Néanmoins, le traité de Berlin de 1878 ne marque encore qu'une tactique politique, et, dans l'esprit de Bismarck, n'avait pour but immédiat que de fortifier l'influence européenne de l'Allemagne. Mais l'orientation ainsi donnée se précisa et s'accentua dans les années qui suivirent.

Dès l'automne de 1888, la Deutsche Bank intervenait dans l'entreprise du chemin de fer de Bagdad, et de ce jour, l'Allemagne eut une politique ottomane, c'est-à-dire, en dernière analyse, une politique méditerranéenne. Laissant à d'autres le soin de mettre un peu d'ordre et de clarté dans le problème balkanique ou de s'y réserver des moyens d'intervention, elle apporta dès lors un soin obstiné à développer et à fortifier son influence en Turquie d'Asie. L'histoire de la Bagdad-Bahn de 1888 à 1912 n'est que l'histoire des luttes soutenues par la diplomatie allemande pour écarter les rivalités et les méfiances de la Russie, de l'Angleterre et de la France. En 1893, la Bagdad-Bahn atteint Angora, et, d'après le tracé primitivement adopté, elle doit se diriger sur Sivas, Diarbékir et Mossoul. Mais, pour ne point porter ombrage à la Russie, qui rêve d'établir son influence sur les régions de Van, d'Erzeroum, de Kharpout et de Diarbékir, et aussi sans doute parce que le voisinage immédiat de la côte méditer-

ranéenne leur paraît un avantage considérable, les pro-
moteurs allemands de l'entreprise renoncent brusquement à l'itinéraire prévu, et amorcent à Eski-Chéïr le
prolongement de la Bagdad-Bahn, qui, désormais, des-
cendra vers le sud dans la direction d'Afioum-Kara-
Hissar et de Koniah, pour atteindre Alep, puis Mossoul.
Or, de Koniah à Alep, la Bagdad-Bahn est une œuvre
exclusivement méditerranéenne. Elle doit passer par
Adana et contourner le golfe d'Alexandrette à quelques
kilomètres du rivage. Comment ne pas rêver une jonction, que les circonstances géographiques rendent si
facile, entre la grande voie ferrée et l'un des ports de
cette région ? On songea d'abord à Youmourtalik,
situé dans le golfe d'Alexandrette, à une cinquantaine
de kilomètres d'Adana. Mais tout était à faire à Youmourtalik, où il eût fallu construire à la fois le chemin
de fer et le port. On jugea plus avantageux d'établir à
Mersina le point de contact entre la Bagdad-Bahn et
la Méditerranée. Mersina n'offrait pas un mouillage
aussi sûr que Youmourtalik, mais le port, quelque
rudimentaire qu'il fût, existait déjà, et, argument plus
décisif encore, une voie ferrée le reliait à Adana.
Le chemin de fer Mersina-Tarse-Adana était exploité
par une compagnie française; mais l'obstacle n'était
pas insurmontable, et en juillet 1906 la Compagnie
allemande des chemins de fer d'Anatolie achetait la
majorité des actions de la Compagnie française Mersina-
Adana et devenait maîtresse de la ligne. Désormais, par
la faute même de la France, l'Allemagne avait un débouché sur la Méditerranée, et Mersina se transformait
en port allemand.

Dès cette époque, un publiciste anglais, M. Gray Bell,
constatait, dans la *Contemporary Review* (1), que l'Alle-

---

(1) *The Bagdad Railway and the Turkish Customs,* dans la *Contemporary Review* de septembre 1906, pp. 359-368.

magne avait supplanté la France et l'Angleterre dans cette partie de l'Asie. Les chemins de fer d'Anatolie et le chemin de fer de Bagdad étaient entièrement sous le contrôle allemand, les lignes de Smyrne-Afioum-Kara-Hissar et de Mersina-Adana étaient également sous un contrôle allemand partiel; la ligne de Smyrne-Dinéïr paraissait, elle aussi, destinée à glisser sous le même contrôle : cela représentait un total de 1.440 milles (2.317 kilomètres) de voies ferrées allemandes, en face duquel le lot de la France était ridiculement réduit aux 54 milles (87 kilomètres) de la ligne Jaffa-Jérusalem et à une part d'intérêts dans la concession franco-belge du chemin de fer Beyrouth-Damas-Hamah. Si l'on examinait ensuite les lignes non encore construites, mais déjà concédées, la supériorité de l'Allemagne devenait plus écrasante encore, puisque la part qui lui était réservée était de 2.300 milles (3.700 kilomètres) contre 180 (290 kilomètres) réservés au consortium franco-belge, et aucun à la France seule.

Cette situation de l'Allemagne, déjà si prépondérante en 1906, n'a fait que s'accentuer encore dans les années suivantes. Grâce à une parfaite unité dans les vues et à une rigoureuse discipline dans l'exécution, l'expansion germanique en Asie Mineure s'est développée si méthodiquement et si puissamment qu'elle a étouffé toute concurrence étrangère. Elle a fait de toute cette partie de l'empire ottoman une sorte de zone allemande, dont elle a ensuite graduellement reculé les limites vers l'Orient avec la Bagdad-Bahn et vers le sud dans la direction de Damas et de Jérusalem. Le golfe d'Alexandrette, qu'elle avait renoncé à conquérir par l'ouest (Youmourtalik), elle l'a conquis par l'est, en construisant entre Alep et Alexandrette un embranchement qui relie une seconde fois à la Méditerranée la grande ligne de Bagdad. En même temps, elle a poursuivi, avec une ténacité infatigable, l'absorption économi-

que de la Syrie, où elle a installé ou fortifié son influence depuis Alep jusqu'à Jérusalem, par d'innom-
brables entreprises agricoles, scolaires, hospitalières,
industrielles et commerciales. Aujourd'hui elle a atteint
son but : ses intérêts dans cette partie du monde sont
réels et nombreux, et le jour où les circonstances per-
mettront aux diverses nations d'invoquer leurs droits
sur cette région méditerranéenne, elle compte bien
faire prévaloir les siens. On l'a bien vu quand, tout
récemment, l'attitude du Gouvernement français fit
supposer que nous ne renoncerions pas bénévolement
aux droits historiques que nous possédons sur la Syrie.
La *Post* du 17 novembre 1912 déclarait catégorique-
ment que l'Allemagne considérait la Syrie comme une
de ses parts dans la liquidation éventuelle de l'empire
ottoman, et que si la France la convoitait, elle devrait
la conquérir par les armes (1). Cela, ce n'est point seulement l'opinion d'un journal, même officieux; c'est
l'idée bien arrêtée, bien précise, qui domine dans les
milieux officiels, et aussi dans les milieux d'affaires, si
influents en Allemagne, sans parler des ligues pangerm-
manistes qui sont naturellement tout acquises à ces
programmes de colonisation et de conquête (2).

---

(1) Cité par *Le Journal des Débats* du 23 novembre 1912.
(2) Il faut noter que le pangermanisme trouve des adeptes et des alliés
précieux jusque dans la Social-Démocratie elle-même. C'est naturellement
le côté économique qui les séduit, mais ils acceptent, avec une logique
parfaite, toutes les conséquences du principe ainsi posé, c'est-à-dire la
colonisation, le militarisme, et toutes les formes de la conquête et de
l'expansion territoriale. Les coloniaux allemands soutiennent depuis longtemps cette thèse que les domaines exotiques qui appartiennent à des
nations affaiblies, comme le Portugal, ou sans natalité suffisante, comme
la France, doivent passer sous le pouvoir de nations plus fortes et surpeu-
plées. Cette thèse est aujourd'hui celle d'un grand nombre de socialistes
allemands, qui la soutiennent au nom même des principes socialistes et
des nécessités économiques. Voir à ce sujet l'étude de M. Andler, *Le
Socialisme impérialiste dans l'Allemagne contemporaine*, dans *L'Action
nationale* des 10 novembre et 10 décembre 1912.

Pendant qu'elle travaillait, avec autant d'activité que de succès, à établir sa domination économique sur tout le littoral de la Méditerranée orientale, depuis Smyrne jusqu'aux portes de l'Égypte (1), l'Allemagne s'efforçait, par des voies diplomatiques, de se ménager sur d'autres points des positions non moins précieuses. La Syrie est en effet placée quelque peu en dehors de la grande route commerciale et stratégique qui va de Gibraltar à Port-Saïd, et si elle est d'un prix inestimable pour la nation qui détiendra la Mésopotamie et la Bagdad-Bahn, l'observatoire qu'elle constitue pour la surveillance de la plus importante des routes méditerranéennes n'en est pas moins un observatoire de second ordre. Les véritables points stratégiques, en dehors de Gibraltar, de Bizerte et de Malte, sont ceux qu'offrent les eaux crétoises ou les côtes de Tripolitaine.

Il n'est donc pas surprenant que, tranquille du côté de l'Asie Mineure, où elle ne redoutait aucun rival, l'Allemagne se soit efforcée d'obtenir, sous le nom de station de charbon, un point d'appui plus occidental.

L'histoire des démarches qu'elle fit ou qu'elle essaya de faire en ce sens est assez confuse, parce que ces sortes de tentatives sont, en raison même de leur nature et de leur objet, enveloppées de mystère, et qu'ici elles le furent davantage encore pour ne point éveiller les inquiétudes de l'Angleterre. L'Allemagne escomptait, non sans raison, que l'Angleterre se serait peut-être inclinée devant le fait accompli, mais qu'elle aurait tout tenté pour faire avorter les négociations, si elle les avait connues avant leur terme. C'est pourquoi tout ce que fit l'Allemagne dans cet ordre d'idées n'a été appris que plus tard et assez imparfaitement.

_____

(1) Il serait inexact de penser qu'elle négligeait de porter son attention, même au point de vue économique, sur les autres régions de la Méditerranée. Le traité de commerce qu'elle signa avec le Maroc, le 1er juin 1890, indique suffisamment qu'elle cherchait à se ménager, dès ce moment, des intérêts dans la Méditerranée occidentale.

Ce qui demeure certain, c'est que, de 1908 à 1911, elle a cherché, à trois ou quatre reprises, à obtenir en pleine Méditerranée une base navale.

Elle a songé tout d'abord à mettre à profit ses bonnes relations avec la Turquie, car c'est sur la Crète que se sont portées ses premières convoitises. C'est pour faciliter le succès de ce plan qu'elle a fait entendre, en 1909, aux quatre puissances (1) protectrices de l'île que leurs décisions ne suffiraient pas pour résoudre la question crétoise, et que les deux puissances germaniques (Allemagne et Autriche) n'accepteraient point de ne pas être associées à l'étude et à la solution du problème. Cette intervention explique d'ailleurs, dans une certaine mesure (2), les atermoiements de l'Angleterre, peu soucieuse de voir cette collaboration éventuelle de l'Allemagne devenir effective. Ce que l'Allemagne voulait, et ce qu'elle demanda, c'était une station de charbon en Crète, soit à la Sude, soit sur un autre point.

Elle se heurta à un refus, ou peut-être à des impossibilités d'une autre nature, car, peu après, nous la retrouvons sollicitant de la Grèce, dans le même but, la cession de l'île de Cythère, dont la situation stratégique commande à la fois l'entrée occidentale de la mer Égée et la route méditerranéenne de l'Adriatique à Port-Saïd.

En 1911, nous la voyons occupée à préparer son installation en Tripolitaine. Elle envoie à Tripoli des missions scientifiques, prélude ordinaire d'une propagande économique; elle parlemente encore avec Constantinople, où elle fait valoir de nouveau la nécessité d'une station de charbon pour ses paquebots. Mais, brusquement, l'Italie, qui a deviné le danger, inter-

---

(1) L'Angleterre, la France, l'Italie et la Russie.
(2) Pour les autres raisons que peut avoir l'Angleterre d'éloigner de la Crète les ambitions allemandes, voir plus haut *Le point de vue anglais*.

vient en octobre 1911, dans les conditions que l'on sait, et renverse sans égard le rêve germanique si laborieusement échafaudé (1).

Malgré les explosions de colère de la presse allemande, le Gouvernement de Berlin, avec cet esprit de discipline qui a toujours fait la force de la Triple-Alliance, céda devant la volonté italienne, et tourna vers d'autres bords ses désirs irréalisés. En janvier 1912, on annonçait l'élaboration d'un accord austro-allemand qui eût fait de Trieste un port en quelque sorte commun aux deux alliées, ou qui, en tout cas, eût donné enfin à l'Allemagne la station de charbon qu'elle désirait (2). Mais la question de Trieste, tant au point de vue italien qu'au point de vue austro-hongrois, reste si délicate et si irritante que les pourparlers n'aboutirent vraisemblablement à aucune solution pratique (3).

Quoi qu'il en soit, des événements nouveaux allaient précipiter les choses et permettre à l'Allemagne d'affirmer publiquement sa politique méditerranéenne.

La concentration des forces navales françaises en Méditerranée, d'abord annoncée dès l'automne de 1911,

---

(1) Dans son discours du 22 février 1912 à la Chambre italienne, M. Giolitti faisait une allusion directe aux menées allemandes en Tripolitaine, et déclarait qu' « une loi historique fatale aurait amené d'autres peuples européens à assumer cette mission de civilisation (la conquête de la Tripolitaine), si l'Italie avait fait défaut. »

(2) Voir à ce sujet notre article : *Trieste port allemand*, dans *La Dépêche* du 29 janvier 1912.

(3) Nous ne faisons ici état que des tentatives sérieuses et réelles faites, directement ou indirectement, par le Gouvernement allemand pour obtenir une station méditerranéenne. Nous laissons donc de côté les fantaisies pangermanistes, bien qu'il ne faille pas toujours les traiter par le mépris. M. Paul-Albert Helmer, dans un article des *Marches de l'Est* du 10 novembre 1912 : *La Rançon de la prochaine guerre*, assurait que la fameuse brochure, *Westmarokko deutsch*, publiée en 1911 par M. Heinrich Class, président de la Ligue pangermanique, contenait primitivement une phrase qu'il supprima sur la prière de M. de Kiderlen-Wæchter, et par laquelle il réclamait pour l'Allemagne une partie du littoral méditerranéen de la France, notamment Toulon.

puis confirmée officiellement en septembre 1912, posait
le problème de l'équilibre des influences. Les déclarations faites précédemment (1) par le Gouvernement
britannique, résolu à ne point abandonner tout à fait
la surveillance et la garde de la route maritime des
Indes, soulignaient encore l'importance de la question
pour l'Italie et l'Autriche, dont l'état d'infériorité
devenait désormais indéniable.

L'Allemagne profita habilement de cet état de choses
pour proposer son concours, seule condition possible
du rétablissement de l'équilibre méditerranéen. L'idée,
d'ailleurs, circulait déjà. Le 14 septembre, un député
italien, M. Cirmeni, écrivait dans la *Neue freie Presse*
de Vienne :

> Je crois que la concentration de la flotte française dans la
> Méditerranée aura pour effet de renforcer considérablement les
> relations cordiales de l'Italie et de l'Autriche-Hongrie, et de faci-
> liter le renouvellement de la Triple-Alliance, qui aura un contenu
> plus important que jusque-là. La situation nouvelle de l'Italie
> dans la Méditerranée et la ligue navale de la Triple-Entente néces-
> siteront l'extension de la Triple-Alliance, qui devra protéger, non
> plus seulement les territoires terrestres, mais aussi les grands
> intérêts maritimes de l'Allemagne, de l'Autriche-Hongrie et de
> l'Italie.

La *Frankfurter Zeitung*, du 17 septembre, s'empressait
de faire remarquer que l'Italie et l'Autriche ne trouveraient de sécurité que dans l'appui de l'Allemagne, et
le lendemain, 18 septembre, le même journal insistait
en ces termes sur le rôle que pouvait jouer l'Allemagne
dans ces circonstances nouvelles :

> L'Italie désire faire garantir ses intérêts dans la Méditerranée
> par l'Allemagne et l'Autriche. Bismarck l'avait refusé parce que
> l'Italie voulait faire de cette mer une mer italienne. Actuellement
> elle ne veut plus que le maintien du *statu quo* et de l'équilibre.

---

(1) Discours de Lord Crewe, de Sir Edward Grey et de M. Winston
Churchill (2, 11 et 22 juillet). Voir plus haut, *Le point de vue anglais*.

L'Italie semble aujourd'hui craindre que la Méditerranée ne devienne une mer franco-anglaise.

La proposition de confier à la Triple-Alliance la garde de ses intérêts méditerranéens serait accueillie ici favorablement (1). Certain journal annonça même que cette proposition avait été faite par l'Allemagne (2). L'Allemagne n'est pas une puissance méditerranéenne, mais sa situation mondiale l'obligerait à s'occuper des intérêts maritimes en jeu. L'Allemagne peut et doit donc son approbation au but de l'Italie dans cette mer. Ce but est la liberté et le maitien du *statu quo*. L'Autriche a vraisemblablement un but analogue.

La question de savoir si l'Allemagne doit aller plus loin et donner sa garantie, c'est-à-dire faire une guerre pour cette cause en cas de nécessité, doit être mûrement méditée par nos hommes d'État.

La concentration de la flotte française nous paraît avoir pour but d'empêcher l'Italie de renouveler la Triplice et de confier à ses alliées la garde de ses intérêts.

Enfin, au début d'octobre, l'entente paraissait établie entre les trois alliées, car le *Lokal Anzeiger* du 2 octobre publiait une note officieuse qui débutait ainsi :

Les traités de la Triple-Alliance expirent le 8 juin 1914. Le 8 juin 1913, il sera décidé si l'une ou l'autre des trois puissances contractantes fera usage de son droit de sortie. *Il est probable que le traité sera étendu cette fois à certaines éventualités maritimes...* (3).

Ainsi, l'Allemagne prenait nettement position comme puissance méditerranéenne auprès de ses deux alliées et il devenait certain, dès ce moment, que la garde des intérêts de la Triple-Alliance dans la Méditerranée ne serait plus confiée seulement à la flotte austro-italienne. Mais encore fallait-il qu'une circonstance favorisât l'installation d'une escadre allemande dans cette mer et lui permît d'y pénétrer sans éveiller les susceptibilités ou les protestations de l'Angleterre ou de la France.

Or, au moment même où le *Lokal Anzeiger* annonçait ainsi, en termes voilés, la nouvelle entente navale des

---

(1) C'est nous qui soulignons.
(2) On remarquera que la *Frankfurter Zeitung* fait état de cette information sans la démentir.
(3) C'est nous qui soulignons.

trois puissances, les événements balkaniques faisaient
surgir la circonstance attendue.

Le 6 novembre, la flotte allemande de la Méditerranée était créée, et se mettait en route pour sa desti-
nation.

Le lendemain, 7 novembre, une dépêche officieuse de
l'agence Wolff annonçait cette création d'une *division
navale allemande dans la Méditerranée*, sous le commandement en chef du contre-amiral Trummler. Le *Berliner
Tageblatt* faisait remarquer à ses lecteurs l'expression
significative dont on s'était servi en haut lieu pour faire
connaître cette nouvelle. Il s'agissait bien, en effet, de
l'établissement d'une division active et permanente,
destinée à séjourner dans la Méditerranée même au
delà des circonstances qui avaient été le prétexte de
sa création.

Le Temps du 15 novembre donnait, sur la nouvelle
division navale allemande, les détails suivants :

> L'Allemagne vient de constituer une force navale qui prend
> le nom de division navale de la Méditerranée, sous le commande-
> ment du contre-amiral Trummler, qui a son pavillon sur le croiseur
> de combat *Gœben*. Ce croiseur a quitté les eaux allemandes le
> 6 novembre, avec le petit croiseur *Breslau ;* ils trouveront dans le
> Levant les petits croiseurs *Hertha, Vineta* (à Constantinople), et
> *Geier ;* ils seront incessamment rejoints par les croiseurs protégés
> *Stettin* et *Dresden* (1).

Ainsi, à la faveur de la guerre balkanique, l'Allemagne
s'installait sans effort dans la Méditerranée; elle réa-
lisait son rêve sans qu'aucune puissance européenne pût
protester, puisque ces mesures pouvaient être attribuées

---

(1) Aux sept unités mentionnées ici par *Le Temps*, il faut ajouter le
petit croiseur *Loreley*, stationné à Constantinople antérieurement à la
crise balkanique et qui naturellement se trouve ainsi joint à l'escadre
méditerranéenne. De tous ces vaisseaux, le *Gœben* est de beaucoup l'unité la
plus forte; c'est un croiseur cuirassé de 23.000 tonnes, construit en 1910.
Le *Breslau* est plus récent encore (1911), mais son tonnage n'est que de
5.500 tonnes. C'est aussi à peu près le tonnage des croiseurs *Hertha* et
Vineta (5.650 tonnes).

à des raisons devant lesquelles tout le monde s'inclinait.

Et cependant, il était difficile de nourrir aucune illusion sur les intentions germaniques. Cette division navale, ce n'était même point à Constantinople qu'on la concentrait, c'était aux endroits où l'Allemagne avait déjà jeté les bases de son influence et de son action.

La nouvelle de l'agence Wolff, écrivions-nous le 8 novembre dans *La Dépêche*, serait une absurdité, si on n'admettait point qu'elle suppose un plan arrêté. La création d'une division navale allemande dans la Méditerranée n'est réalisable que si cette division navale est assurée d'un point d'appui, ce qui revient à dire que la décision prise par le Gouvernement allemand d'entretenir une flotte en Méditerranée entraîne nécessairement la volonté de faire d'une partie quelconque des côtes méditerranéennes une terre allemande.

A ce moment, on pouvait supposer, soit en se référant à des informations précédentes, soit en faisant état de la visite de M. de San-Giuliano, ministre des Affaires étrangères d'Italie, à Berlin, que l'Allemagne négocierait avec l'Italie et la Turquie la cession d'une des Sporades encore occupées par les troupes italiennes (1); mais il semble aujourd'hui qu'elle ne soit point disposée, au moins pour l'instant, à chercher un premier point d'appui ailleurs que sur les côtes de l'Asie Mineure déjà conquises à son influence économique et morale. Mersina et Alexandrette, les deux ports où aboutissent les deux embranchements qui relient la Bagdad-Bahn à la mer, constituent des sta-

(1) Voir notre article, *L'Heure de l'Allemagne*, dans *La Dépêche* du 9 novembre 1912. — Il n'est d'ailleurs pas certain que l'Allemagne ait renoncé, au moins pour plus tard, à la possession d'une des îles de la mer Égée. La *Vossische Zeitung* du 30 novembre écrivait, à propos des propositions de Sir Edward Grey relatives à une conférence d'ambassadeurs sur la question d'Orient : « Sir Edward Grey peut-il demander que les six puissances renoncent à toute prise de possession des îles de la mer Égée? » Interrogation qui ne soulevait pas seulement la question de la domination italienne sur Rhodes ou Stampalia, mais encore la question d'une installation éventuelle de l'Allemagne dans les Sporades.

tions de charbon, où rien ne manque. Quant à Youmourtalik, avec sa baie fermée, bien abritée du côté du large,
protégée du côté de la terre par les contreforts du Taurus,
il est destiné, si l'Allemagne parvient à réaliser tous ses
desseins, à devenir le port militaire de cette région, le
port d'attache de la nouvelle flotte allemande, avec la
double mission de paralyser la menace britannique de
Chypre et de protéger le commerce d'Alexandrette, car
sa situation ne permet pas d'en faire un poste suscep-
tible de dominer la route des Indes.

Rien de tout cela n'est chimérique. Le *Tag* du 21 novembre 1912 réclamait avec force la part de l'Allemagne
dans les nouveaux débouchés que les affaires d'Orient
allaient ouvrir à l'Europe. *Le Journal des Débats* du
23 novembre écrivait : « Ignore-t-on que l'Allemagne
n'attend qu'une occasion pour débarquer à Alexandrette et engager la question d'Asie? » Enfin, le correspondant berlinois de *L'Écho de Paris* adressait à ce
journal, à la date du 18 novembre, une longue dépêche,
très significative, dont voici la conclusion :

A mon sens, contre ce danger (de voir l'Allemagne et l'Autriche-
attirer à elles les puissances balkaniques) qui existe, il y a un
remède, mais qui suppose une assez grande franchise parmi les
puissances.

Maximilien Harden répétait samedi encore que la Turquie,
rejetée en Asie Mineure, y sera régénérée. En réalité, chacun sait
qu'en Asie Mineure, les Turcs, devenus déjà trop occidentaux,
seront condamnés soit à un retour vers la barbarie la plus despo-
tique, soit, plus probablement, à une déliquescence complète.

Qu'au lieu de se suspecter et de manœuvrer séparément, l'Europe
s'entende sur l'Asie Mineure comme les quatre États balkaniques
se sont entendus sur la Turquie d'Europe sans rien se cacher.

C'était peut-être le désir de M. de Kiderlen-Wæchter il y a
quinze jours, mais la condition préalable, c'est de négocier au
grand jour.

C'est là une solution. Je conviens qu'il y en a une autre qui est
peut-être celle de l'Angleterre : conserver la tête de la Turquie,
et posséder ainsi l'influence sur tout le reste.

Mon rôle se borne ici à vous exposer la question telle que je la
vois de mon poste d'observateur

On remarquera que les intentions de l'Allemagne, bien que parfaitement claires pour tout observateur attentif, n'avaient point encore, à cette date, été ouvertement révélées. Le plan s'exécutait graduellement, dans une obscurité volontaire, avec une habileté et une discrétion calculées. Il importait de ne rien brusquer, de laisser mûrir le fruit qu'on voulait cueillir, et d'amener l'heure de la récolte par un concours de circonstances extérieures, comme si la volonté et le dessein de l'Allemagne n'y eussent été pour rien. Ce ne fut que le 1er décembre que certains détails plus précis apparurent dans la presse allemande. Le *Berliner Börsen Courier*, de Berlin, ouvrit nettement les perspectives nouvelles par les lignes suivantes :

Les intérêts économiques allemands dans le bassin oriental de la Méditerranée sont si importants qu'il est facile de concevoir l'avantage que nous aurions à maintenir dans la Méditerranée, après la conclusion de la paix [la paix entre la Turquie et les États balkaniques], l'escadre que nous venons d'y envoyer. Au cas où, lors du règlement de cette nouvelle paix, les grandes puissances ne pratiqueraient pas toutes la théorie de l'abstinence, l'Allemagne devra préciser le point où elle désire obtenir une base d'opérations navales. Ce pourrait être, par exemple, le port d'Alexandrette, terminus d'un des embranchements de la ligne de Badgad. On ne songe peut-être pas assez en Allemagne à la nécessité de poser de pareilles prétentions.

Le programme allemand apparaissait donc enfin, sous une forme hypothétique, il est vrai, mais pourtant précise.

D'ailleurs une dernière précision allait venir de Londres, quelques semaines plus tard. Le 9 janvier 1913, le *Daily Telegraph* annonçait que le Gouvernement allemand avait décidé de laisser dans la Méditerranée, même après le règlement des affaires balkaniques, la division navale de l'amiral Trummler. Le journal anglais ajoutait qu'en temps de guerre cette division serait

placée sous les ordres du commandant en chef de la
flotte austro-hongroise.

Aucun démenti officiel ou officieux ne répondit à
l'information du *Daily Telegraph*. Une dépêche de
Vienne déclara brièvement qu'il n'était pas question
de faire de Pola un port d'attache de la division allemande, et qu'au surplus on ne savait rien en haut lieu.
Ce fut tout.

Le Gouvernement britannique, de son côté, se con-
tenta de faire annoncer, quelques jours après, que la
troisième escadre, qui, selon les prévisions antérieures (1),
devait abandonner la Méditerranée, y serait maintenue
jusqu'à nouvel ordre. C'était la réponse de Londres à
Berlin.

Tout cela a mis graduellement en lumière le plan
allemand. Mais les difficultés que rencontre sa réalisation viennent de ce que les compétitions internationales
se concentrent souvent sur les mêmes points. Cette
Syrie, que l'Allemagne convoite et où elle a enraciné
tant d'intérêts qui doivent, dans sa pensée, devenir des
droits, cette Syrie, l'Angleterre la convoite aussi (2),
et la France, dont les droits semblent bien être en définitive les plus solides. Quant à la Russie, le golfe d'A-
lexandrette est l'objectif de l'un de ses plans (3). Et
c'est cette dernière rivalité qu'il est le plus difficile
d'écarter, car, si l'on peut concevoir, en dernière analyse, une répartition de la Syrie qui laisserait la Syrie
septentrionale à l'Allemagne et la Syrie méridionale à
l'Angleterre et peut-être le Liban à la France, on se
demande comment le point de vue russe et le point de
vue allemand pourraient se concilier, puisque les deux

---

(1) Voir plus haut, dans *Le point de vue anglais,* les prévisions de l'Amirauté britannique, telles que M. Winston Churchill les avait exposées à
la Chambre des Communes, le 22 juillet 1912.
(2) Voir plus haut, *Le point de vue anglais.*
(3) Voir plus loin, *Le point de vue russe.*

directions géographiques qu'ils supposent, celle de la
Russie de Tiflis à Erzeroum, Kharpout, Marach et
Payas (golfe d'Alexandrette), et celle de l'Allemagne
d'Adana à Alep (ligne de Bagdad) se coupent perpendi-
culairement.

LE POINT DE VUE ITALIEN

La politique navale de l'Italie a longtemps été dominée par la question de l'Adriatique, question d'ailleurs complexe et grave, mais qui, en définitive, ne suffisait point à donner à l'Italie le rôle d'un des facteurs agissants de l'équilibre méditerranéen. Et pourtant l'Italie est, plus que toute autre, une puissance méditerranéenne. Sa situation géographique, son histoire, ses traditions, ses intérêts, tout l'enferme dans l'horizon de cette mer, au delà duquel il n'y a rien pour elle (1). La France et l'Espagne ont des fenêtres sur l'Océan Atlantique, l'Allemagne regarde à la fois la mer du Nord et la Baltique, la Russie touche à trois mers. Ici, rien de semblable. L'Italie est comme scellée dans une prison maritime, dont toutes les portes sont gardées par d'autres puissances. Il en résulte que tout ébranlement méditerranéen, ou, pour mieux dire, toute question méditerranéenne, a ici une répercussion plus vive et plus durable qu'ailleurs. Ce qui, pour d'autres puissances, ne serait qu'un problème secondaire devient pour l'Italie un problème vital, et on comprend aisément qu'elle ait surtout demandé à ses alliances de la protéger contre les menaces qui pourraient surgir près d'elle plutôt que de lui fournir des instruments d'influence ou de conquête.

Mais les circonstances ont donné à l'irrédentisme de Trieste et de Trente un tel caractère et une telle acuité que l'Italie s'est trouvée dans cette situation para-

---

(1) On conviendra, en effet, que ni l'Érythrée ni la Somalie n'occupent une bien grande place dans l'histoire de la politique italienne.

doxale d'être enchaînée à l'Autriche par des nécessités
en quelque sorte stratégiques et, d'autre part, de considérer l'Autriche comme son ennemie naturelle. L'Italie
ne pouvait ni vivre ni se développer sous le poids de
cette menace. Quelles que fussent les tendances de l'opinion populaire, il était indispensable que le pays trouvât
une sécurité du côté de sa frontière septentrionale, et,
sans abandonner aucune de ses espérances, il devait,
n'eût-ce été que pour éviter de surcharger au delà de
ses moyens ses budgets militaires, s'unir à celle des puissances européennes qui représentait pour lui le danger
le plus immédiat. Mais son indépendance vis-à-vis de
son alliée croissait en raison directe de ses ressources et
de ses forces. A mesure que son relèvement économique
lui permettait de faire face à des charges financières
plus considérables (1), l'Italie accentuait sa volonté
de contrebalancer dans l'Adriatique l'influence austro-
hongroise. Sa politique méditerranéenne ne pouvait ni
ne voulait aborder encore d'autres problèmes. Le seul
but à atteindre, au moins dans cette première période,
était de neutraliser la menace austro-hongroise, d'étein-
dre la prédominance de l'Autriche sur une mer qui ne
pouvait devenir un lac autrichien qu'aux dépens de la
seule Italie.

---

(1) Nous empruntons à une remarquable étude, *La Situation économique
et financière de l'Italie*, publiée par M. Édouard Payen dans les *Questions
diplomatiques et coloniales* du 16 septembre 1912, le tableau suivant, qui
montre la progression des dépenses militaires de l'Italie de 1872 à 1912,
en moyennes quinquennales :

ANNÉES FISCALES	ARMÉE	MARINE	TOTAL
	(en millions de lires)		
1872-1877.	203,76	37,64	241,40
1877-1882.	230,20	46,80	277,00
1882-1887.	280,68	77,00	357,68
1887-1892.	343,26	126,48	469,74
1892-1897.	302,06	103,69	405,75
1897-1902.	283,98	119,04	403,02
1902-1907.	285,90	132,06	417,96
1907-1912.	362,18	186,63	548,81

Mais, pour atteindre ce but, l'accroissement des escadres italiennes de l'Adriatique ne suffisait pas. Il fallait se ménager sur la rive orientale de cette mer des intérêts, des sources d'influence et des bases possibles d'action. De là un effort systématique pour faire de l'Albanie une terre soumise à l'influence italienne. A Scutari, à Durazzo, à Valona, la pénétration italienne s'effectua avec une ténacité qui ne fut pas sans succès. Elle revêtit diverses formes, dont la plus importante et la plus efficace fut la création de banques et d'écoles. L'Italie estimait, en effet, que dans un pays pauvre, où tout était à faire au point de vue commercial et industriel, il n'était pas sans intérêt pour elle de contribuer à créer un essor économique, dont elle aurait détenu les moyens et les instruments (1). La propagande par les écoles n'était pas moins utile : c'était par cette sorte d'influence que l'Autriche avait déjà conquis une partie de l'Albanie septentrionale (2); en organisant de son côté une action de la même nature, l'Italie paralysait sa rivale sur d'autres points, et assurait sa propre pénétration pacifique dans les régions de l'intérieur, plus rebelles que les villes de la côte aux tentatives d'ordre économique.

En réalité, si l'on examine, au point de vue italien, la question albanaise, on aboutit à cette conclusion que l'Italie a un intérêt à la fois économique et stratégique à ce que l'Albanie ne tombe pas sous une domination étrangère.

---

(1) Dans *La Dépêche* du 27 décembre 1911, nous donnions, de l'activité italienne en Albanie, le tableau suivant : « L'Italie porte ses efforts du côté des questions économiques, commerciales et financières. Elle multiplie ses intérêts en Albanie, fidèle en cela à cet axiome diplomatique, que la pénétration économique est le prélude inévitable de la conquête militaire. C'est pourquoi une compagnie italienne prend part à l'organisation du port d'Antivari. C'est pourquoi, à Scutari, tout le roulement de l'argent et toutes les opérations de crédit sont entre les mains des Italiens. C'est pourquoi la banque fondée à Scutari à l'aide de capitaux italiens, dirige et absorbe tout le commerce de l'Albanie septentrionale. C'est pourquoi enfin ce sont encore des organisations italiennes qui détiennent toutes les relations économiques entre l'Albanie et le Monténégro. »
(2) Voir plus loin, *Le point de vue austro-hongrois*.

L'Italie rêve, on le sait, de construire un chemin de fer qui, partant d'un point de la côte albanaise, probablement Saint-Jean-de-Medua, se dirigerait, à travers l'Albanie et la Serbie, jusqu'à la vallée du Danube; elle espère établir ainsi un courant d'échanges qui drainerait vers les ports de l'Italie méridionale une grande partie du commerce de la Mer Noire et de la vallée du bas Danube. Mais, pour que cette route commerciale donne les résultats que l'Italie en attend, il est nécessaire qu'aucun autre contrôle que le sien ne pèse sur cette entreprise, et qu'elle puisse disposer à son gré les conditions économiques de son fonctionnement. Il est facile de mesurer les conséquences que pourrait avoir la réalisation de ce projet. L'Albanie se trouverait transformée en une sorte de champ réservé à l'activité italienne, où viendrait se concentrer, comme sur un point d'échange, un commerce considérable qui apporterait à Bari et à Brindisi une nouvelle source de prospérité.

D'autre part, les raisons stratégiques qui poussent l'Italie à implanter son influence en Albanie sont plus évidentes encore. Le canal d'Otrante, qui sépare l'Italie de l'Albanie, n'a guère que 75 kilomètres de largeur, et, tandis que sur la côte italienne, la configuration du rivage se prête mal à l'établissement d'un port militaire ou de fortifications isolées, sur la côte albanaise au contraire elle offre des points géographiques excellents pour une base d'action navale, notamment le port de Valona, admirablement situé à l'endroit le plus étroit du canal d'Otrante, au fond d'une baie montagneuse qu'une presqu'île, la Linguetta, et une île, l'île de Sasseno (1), protègent contre toute surprise du côté de la mer.

___

(1) Il est vrai que cette île appartient, depuis 1864, à la Grèce; mais ici nous nous bornons à envisager les avantages géographiques du port de Valona, et non les difficultés diplomatiques ou stratégiques qui peuvent surgir autour de lui.

Voir aussi, sur l'importance stratégique de Valona, l'étude de M. Touchard sur *La Maîtrise de l'Adriatique*, dans la *Revue Militaire générale* de janvier 1913.

Entre les mains d'une grande puissance, Valona pourrait
devenir, pour l'Italie, une menace permanente, parce
que ce point stratégique constitue réellement la porte de
l'Adriatique, et que ceux qui en seront les maîtres pourront à leur gré, le jour d'un conflit, immobiliser au fond
d'un golfe fermé la flotte italienne de l'Adriatique (1).

Pour cette double raison, à la fois économique et
stratégique, l'Italie ne peut consentir à voir s'établir
en Albanie une autre influence que la sienne. Elle a
multiplié les efforts pour écarter sur ce point la seule
adversaire qu'elle eût pu redouter, l'Autriche-Hongrie,
et c'est autant pour cette question de l'Albanie que pour
le problème de l'Adriatique septentrionale qu'elle a
intérêt à rester liée par des traités formels et étroits
à cette rivale éventuelle (2).

Quelque importante que soit pour l'Italie la question
de l'Adriatique, elle n'est point la seule qui sollicite
son attention. Placée au centre même de la Méditerranée
comme un avant-poste de la Triple-Alliance, l'Italie
doit faire face au problème qui s'attache à sa situation
géographique. Plus que l'Autriche, elle est sous la menace
de Toulon, de Bizerte, de Malte; la tactique défensive,
si aisée pour son alliée, lui est interdite; il faut qu'elle
s'assure, sur la mer libre, une domination ou une liberté
qui, en définitive, n'est point indispensable à l'Autriche.

---

(1) On verra plus loin (*Le point de vue austro-hongrois*) que ce danger,
réel pour l'Italie, l'est davantage encore pour l'Autriche-Hongrie, qui ne
dispose pas d'autres rivages que ceux de l'Adriatique, et dont l'action
navale pourrait être paralysée, non plus partiellement, mais en totalité
par le port de Valona.
(2) On sait qu'il existe, entre l'Italie et l'Autriche, un accord spécial
relatif à l'Albanie, par lequel les deux puissances se neutralisent mutuelle-
ment.

On comprend que, du jour où elle a pris conscience de ses responsabilités, elle ait songé à se ménager, sur la rive africaine de la Méditerranée, des points d'appui, et à se réserver les moyens d'enserrer certains passages maritimes sous l'action combinée de ses navires et de ses bases. La terre la plus voisine, celle qui se prêtait le mieux à la réalisation de ce rêve, la Tunisie, était aux mains de la France. Elle se tourna vers la Tripolitaine.

Nous n'avons pas à rappeler ici par quelle suite d'accords l'Italie obtint, de la part de la France et de l'Angleterre, la liberté de ses mouvements en Afrique. Ce qu'il convient de remarquer, c'est que l'expédition de Tripolitaine fut méditée et préparée méthodiquement pendant près de dix années, qu'elle fut l'objet d'une étude diplomatique très attentive, aux dépens même de l'étude militaire, comme on le vit bien, dans la suite, par les mécomptes qu'éprouvèrent les troupes italiennes.

Quand, vers le milieu de 1911, l'Italie se crut en mesure de procéder à la conquête de la terre qu'elle convoitait, assurée de ne point rencontrer d'autre opposition que celle de la Turquie, aiguillonnée par les rêves coloniaux qui commençaient à se faire jour dans certains milieux allemands (1), elle brusqua les choses et engagea avec la Turquie une guerre qu'elle n'escomptait ni aussi longue, ni aussi difficile, ni aussi onéreuse qu'elle le fut en réalité (2).

La Tripolitaine n'est point une terre fertile; elle n'offre aux émigrants italiens que de maigres déserts, qu'un climat de feu, que des centres de culture peu nombreux et peu séduisants. En dehors de quelques

---

(1) Voir plus haut, dans *Le point de vue allemand*, les tentatives faites par l'Allemagne pour obtenir en Tripolitaine une station de charbon, et l'allusion faite par M. Giolitti, le 22 février 1912, à ces menées allemandes.
(2) Pour tous les détails de cette guerre, qu'il n'entre pas dans notre plan de raconter, voir *Histoire de la Guerre italo-turque, 1911-1912*, par un témoin (Paris, Berger-Levrault, 1912; in-8 de vii-135 pages. Prix : 2 fr. 50).

villes de la côte, c'est une conquête sans grand profit. Mais, au point de vue de la politique méditerranéenne de l'Italie, elle présente des avantages plus réels. Depuis la frontière tunisienne jusqu'à la frontière égyptienne, l'Italie est désormais maîtresse d'un front de mer de plus de 1.500 kilomètres. Elle détient des villes, comme Derna et surtout comme Tobrouk, qui peuvent devenir demain, et qui deviendront sans conteste, des bases navales fort sérieuses. Or, Derna et Tobrouk commandent la route de l'Égypte (1), qui est aussi la route des Indes, et on voit par là quelle force la possession de ces points peut donner à l'Italie, soit pour des opérations navales en temps de conflit, soit pour des conversations diplomatiques en temps de paix (2).

Il est donc incontestable que le rôle de l'Italie dans la Méditerranée s'est sensiblement accru depuis qu'elle a réussi à s'approprier une partie de la côte méditerranéenne de l'Afrique. Soit qu'elle l'occupe pour son propre compte, soit qu'elle y règne au nom et pour le compte de la Triple-Alliance, elle concourt ainsi à dégager le bassin oriental de la Méditerranée de la tutelle britannique. Pendant que l'Autriche cherche, à travers mille obstacles, à se ménager encore quelque fenêtre sur la mer Égée, pendant que la Bulgarie débouche, à Kavalla et à Dédéagatch, sur la même mer, pendant que l'Allemagne, patiente et obstinée, prépare son installation à Mersina et à Alexandrette, l'Italie prend possession d'une part africaine, et l'Angleterre, en face de tant d'influences et d'actions nouvelles, est condamnée au déclin, à moins que la Crète, qui se trouve au centre géographique de tous ces efforts divers et qui commande

---

(1) De Malte à Alexandrie, la route maritime passe à moins de 150 kilomètres au nord de Derna.

(2) On peut voir dans cette installation de l'Italie à Derna et à Tobrouk un des motifs du désir de l'Angleterre de s'installer dans l'île de Crète, dont le rivage méridional commande l'autre bord de l'espèce de canal que forme à cet endroit la Méditerranée.

toutes les routes de ce carrefour, ne devienne une île anglaise.

*
* *

Au cours de la guerre italo-turque, l'Italie a été amenée à occuper, dans les Sporades, un certain nombre d'îles ottomanes (1). Cette opération n'était à l'origine qu'un fait de guerre; mais bientôt l'opinion italienne s'habitua à considérer les îles ainsi conquises comme des possessions définitives, et il n'est pas douteux que le Gouvernement italien lui-même n'ait encouragé cette espérance. Le traité d'Ouchy a stipulé que ces îles seraient rendues à la Turquie, dès que cette puissance aurait retiré de la Libye ses soldats réguliers et ses fonctionnaires (2); mais on assure que le même traité stipulait, dans des clauses secrètes, qu'en raison de la guerre balkanique, qui venait d'éclater, et pour ne point permettre à la Grèce de s'emparer de Rhodes et des îles voisines au moment où les Italiens les abandonneraient, l'Italie ne serait tenue de les restituer à la Turquie que lorsque celle-ci le demanderait expressément.

Quoi qu'il en soit, quatre mois après la signature du traité d'Ouchy, l'Italie était encore en possession des îles de la Basse-Égée, et, comme la guerre balkanique ouvrait la question d'Orient tout entière, avec ses répercussions asiatiques, le problème des îles devenait plus grave et plus délicat que jamais. Si l'Allemagne cherche à réaliser les droits qu'elle prétend avoir sur l'Asie Mi-

---

(1) Les troupes italiennes occupèrent, le 23 avril 1912, l'île de Stampalia, le 4 mai l'île de Rhodes, puis successivement les îles de Kalymnos, Leros, Patmos, Cos, Symi, Carpathos, Nysiros, Cacos, Astypalœa, Tilos et Charki.

(2) Voici la partie de l'article 2 du traité d'Ouchy qui règle la question des îles de la mer Égée : « L'évacuation effective des îles susdites par les officiers, les troupes et les fonctionnaires civils italiens aura lieu immédiatement après que la Tripolitaine et la Cyrénaïque auront été évacuées par les officiers, les troupes et les fonctionnaires civils ottomans. »

neure, et l'Angleterre ceux qu'elle prétend avoir sur l'Arabie et la Syrie, comment l'Italie songerait-elle à évacuer prématurément des positions stratégiques qui lui livrent le contrôle de la route la plus directe de Constantinople à Port-Saïd? Comment ne serait-elle point tentée de s'approprier cette part des dépouilles ottomanes, quand elle voit d'autres puissances tracer déjà les limites des territoires qu'elles revendiquent?

Cette intention de l'Italie de profiter des événements balkaniques pour conserver la possession de Rhodes et des autres îles était si évidente que personne ne s'y est trompé.

Sir Edward Grey, demandait la *Vossische Zeitung* du 30 novembre 1912, peut-il demander que les six puissances renoncent à toute prise de possession des îles de la mer Égée? L'Italie accepterait difficilement d'aller à une conférence et de se lier les mains par une telle résolution.

Au reste, si l'Italie abandonne les îles qu'elle détient, il est vraisemblable que ce ne sera point pour les restituer à la Turquie. L'Allemagne les désire avec force, et elle n'a pas caché ce désir à son alliée. Dans la dislocation éventuelle de la Turquie d'Asie, l'Allemagne s'est réservé l'Asie Mineure, au moins depuis Smyrne jusqu'à Alexandrette : elle ne consentirait qu'avec peine à ce que les îles qui s'échelonnent le long de ce rivage désiré soient sous la domination d'une autre puissance, même si cette puissance est son alliée, car des îles aussi voisines du continent en forment une dépendance géographique et politique qu'on ne saurait contester.

Tout fait supposer d'ailleurs que ce problème des îles de la Basse-Égée sera résolu entre Berlin et Rome sans aucune acrimonie, et qu'il ne sera pas résolu avec plus de difficulté, si, au lieu de se poser entre Berlin et Rome, il se pose, comme à l'origine, entre Rome et Constantinople. L'Italie n'a pas des intérêts bien considérables

à défendre dans cette partie de la Méditerranée. Elle
préférera concentrer ses forces navales autour de la
métropole et sur les rivages de sa nouvelle colonie. La
possession de l'île de Rhodes ne serait pour elle qu'une
satisfaction d'amour-propre, car, pour que cette possession devînt un instrument efficace de surveillance ou
d'action navale, il faudrait que l'Italie consentît à accroître sa flotte et ses dépenses dans des proportions
qu'elle n'a, pour l'instant, ni la volonté ni le pouvoir
d'envisager.

V

LE POINT DE VUE AUSTRO-HONGROIS

Confinée dans l'Adriatique, condamnée à une action méditerranéenne géographiquement restreinte, menacée dans son propre domaine par toute tentative qui tendrait à mettre aux mains d'une autre puissance la côte albanaise, l'Autriche n'a eu, pendant de longues années, qu'un rêve, silencieux, ardent, obstiné : celui de briser les servitudes qui s'opposaient à son essor maritime, de neutraliser, d'une part, le canal d'Otrante et, d'autre part, de se ménager un débouché sur la mer Égée. De là le programme contenu dans ces trois mots, si souvent cités : *Drang nach Osten.* De là aussi sa politique italienne. De là enfin sa politique à la fois agressive et patiente à l'égard de la Russie, de la Turquie et de la Serbie.

Mais, si l'on voit assez bien ce que veut l'Autriche et pourquoi elle le veut, on ne voit pas aussi clairement par quels moyens elle peut parvenir à son but. Malgré les efforts persévérants qu'elle n'a cessé de faire pour maintenir l'espèce de rigidité qui lui tient lieu de cohésion et d'unité, la monarchie dualiste porte en elle de tels éléments de faiblesse que chacune de ses évolutions diplomatiques est en quelque manière contrariée et paralysée par les agitations intérieures. Les conflits européens ne sont guère autre chose, à l'heure présente, que des conflits économiques ou ethniques. Or, à ce double point de vue, l'Autriche ne peut pas avoir une politique unitaire et nationale, parce qu'il n'y a point de race autrichienne, et que les intérêts d'une fraction de l'empire s'opposent infatigablement aux intérêts d'une autre fraction. L'Autriche ne représente en Europe qu'une agglomération de races diverses et ennemies, d'intérêts opposés, de tendances contradictoires, et, quand elle parle ou agit, ce qui parle ou agit en son nom, c'est toujours une minorité, allemande en Autriche, magyare en Hongrie (1).

Aucune nation politique ne donne, à un pareil degré, l'aspect d'un chaos de races, et le chaos apparaît plus incohérent encore quand on en analyse les éléments. Deux grands courants slaves vont de l'est à l'ouest, embrassant entre eux un bloc hostile et résistant, mais hétéroclite lui-même, de telle sorte qu'ici les deux grandes forces qui s'opposent l'une à l'autre ne représentent que des assemblages formés par certaines affinités générales et que des rivalités intérieures peuvent détruire. Le courant slave du Nord part de la Galicie, où sont concentrés les Ruthènes, ouvre une brèche dans le nord-est de la Hongrie, et se prolonge vers l'ouest par la Pologne autrichienne, par les Slovaques de la Hongrie septentrionale, et enfin par les Tchèques de Bohême, qui s'avancent comme un éperon dans la masse allemande d'Autriche. Le courant slave du Sud, qui a son point d'origine en Bulgarie, se développe vers l'ouest à travers la Serbie, et forme, de Belgrade à Fiume et d'Agram à Raguse, un immense îlot de plus de 5 millions de Serbo-Croates enfermés dans les limites de l'Autriche-Hongrie. Plus à l'ouest encore, les Slovènes occupent toute la région située à l'est et au nord de Trieste. Les deux extrémités de ces tentacules slaves parviendront-elles à se rejoindre? C'est précisément ce que redoutent les autres éléments ethniques de la monarchie dualiste,

---

(1) En Autriche, les Allemands sont au nombre de 9 millions, contre 16 millions de Tchèques, de Polonais, de Ruthènes, de Roumains, de Slovènes et d'Italiens. En Hongrie, les Magyars forment un total de moins de 9 millions, contre 11 millions de Roumains, d'Allemands, de Slovaques, de Ruthènes et de Serbo-Croates, sans compter les 2 millions de Serbo-Croates de la Bosnie et de l'Herzégovine.

parce que le jour où les Tchèques de Bohême et les Slovènes de Carniole parviendront à se rapprocher à travers la Styrie et la Basse-Autriche, les autres races qui peuplent l'empire seront comme étouffées dans cette formidable étreinte.

En attendant cette heure tragique que les progrès réguliers de l'expansion slave rendent vraisemblable et même prochaine, le bloc qui résiste à cette double menace est composé de trois races très distinctes, qui n'ont entre elles aucune autre solidarité que celle qui résulte du danger commun. Il est latin à l'est, avec les Roumains de Transylvanie, magyar au centre, germain à l'ouest, avec les Allemands du Tyrol, de la Carinthie et de l'Autriche. Entre ces trois éléments, des haines profondes existent. Les Roumains sont séparatistes : ils rêvent de détacher la Transylvanie du royaume de Hongrie pour l'annexer à la Roumanie indépendante. Les Hongrois et les Allemands s'entre-déchirent avec fureur, pour mille motifs. Tout cela contribue à accentuer le désordre de cet empire, où on ne parle pas moins de huit langues (1), et où chaque nationalité réclame ses droits avec une âpreté grandissante.

Cette situation intérieure a des répercussions inévitables sur la politique extérieure. De quelque côté que se tourne la diplomatie austro-hongroise, elle ne parle jamais au nom du pays tout entier. Si elle lutte contre la Russie ou contre la Serbie, elle a contre elle les population slaves de la Bohême, de la Galicie, de la Croatie; si elle lutte contre l'Italie, elle a contre elle les populations du Trentin et de Trieste; si enfin on s'arrêtait à l'hypothèse d'un désaccord entre Vienne et Berlin, l'immense majorité des Allemands d'Autriche embrasserait la cause de l'Allemagne (2). Il y a plus encore :

(1) L'allemand, le hongrois, le tchèque, le polonais, le roumain, le serbe, l'italien, et même l'hébreu dans certains territoires restreints.
(2) Il est indéniable que les Allemands d'Autriche sont, pour la plupart,

chacun de ces éléments intérieurs ne peut agir qu'au détriment des autres. Tout ce qui se fait dans un sens allemand provoque le mécontentement de la Hongrie et de la Bohême, parce que chacun des groupements ethniques qui composent la monarchie dualiste, combat, non point dans l'intérêt général de la nation, car il n'y a ni intérêt général ni nation, mais pour ses intérêts particuliers qui se confondent parfois avec les intérêts politiques d'une nation étrangère.

Dans de telles conditions, l'Autriche-Hongrie ne peut avoir une politique extérieure qu'en dehors de la volonté du pays, puisque les tendances contradictoires qui le divisent aboutissent pratiquement à paralyser toute volonté générale. C'est pourquoi, depuis plus de vingt ans, les diplomates autrichiens n'ont eu qu'un seul objectif : diriger la politique extérieure dans le sens choisi et voulu par le souverain, sans jamais tenir compte des oppositions populaires, mais garder, sur ce terrain, le seul appui énergique et persévérant sur lequel il fût possible de compter, l'appui du parti germanisant, que les engagements de la couronne vis-à-vis de l'Allemagne favorisaient ouvertement et exclusivement.

Il faut d'ailleurs reconnaître que l'Autriche-Hongrie a tiré de cette situation, au cours de ces dernières années, le maximum de profit. Si elle a apporté son concours sans réserves à l'Allemagne dans toutes les querelles allemandes, notamment à la Conférence d'Algésiras, le concours décisif de l'Allemagne lui a permis, en revanche, de faire peser sur les affaires d'Orient une influence souveraine. C'est au nom de la Triple-Alliance qu'elle a

---

d'ardents pangermanistes. Ce qu'ils rêvent, c'est moins la grandeur de l'Autriche que la participation de l'Autriche à la grandeur allemande. La propagande qu'ils font en ce sens ne laisse place à aucune équivoque : elle tend nettement à l'absorption de l'Autriche par l'Allemagne, à l'extension de la Confédération germanique jusqu'à Trieste. On sait que le Gouvernement austro-hongrois lui-même a senti le danger, et a essayé, sans d'ailleurs y réussir, à entraver cette agitation qui se fait aux cris de « Vivent les Hohenzollern ! », et parfois aux cris de « A bas les Habsbourg ! »

voulu et qu'elle a pu parler, et, à chacune de ses inter-
ventions, elle a laissé entendre derrière elle le bruit
d'armes de ses deux alliées. Cette sorte d'intimidation,
méthode peu diplomatique mais efficace, lui a assez bien
réussi, puisque, ni en 1909 ni en 1912, elle n'a trouvé
devant elle une opposition sérieuse à ses mesures les
plus brutales. Elle a pu déchirer le traité de Berlin,
renier sa propre signature, annexer la Bosnie-Herzégovine par une décision unilatérale, diriger à son aise
les affaires d'Albanie et arracher à la Serbie le fruit de
ses victoires de 1912, sans qu'aucune puissance ait osé
formuler son *veto*.

Ainsi très faible et très forte à la fois, mais tirant toute
sa force d'éléments étrangers à elle-même, l'Autriche-
Hongrie a eu le bonheur d'avoir des diplomates assez
habiles et assez persévérants pour faire concourir cette
situation paradoxale à son prestige extérieur. Tout ce
qu'entreprenait l'Allemagne dans l'empire ottoman,
l'influence que le baron Marshall de Biberstein, ambassadeur d'Allemagne à Constantinople, avait su conquérir
et conserver à travers toutes les difficultés, la propagande,
la pénétration infatigable dont l'Allemagne assiégeait à
la fois le Gouvernement ottoman à Constantinople par
son ambassadeur, et les provinces d'Asie par ses consuls,
ses commerçants et ses financiers, tout cela favorisait,
en Turquie d'Europe, les ambitions austro-hongroises.
Du reste, ces ambitions s'affichaient assez ouvertement
pour qu'aucun doute ne fût possible à leur égard. Le
traité de Berlin avait, en 1878, donné à l'Autriche-Hongrie le contrôle et l'administration de deux provinces
ottomanes, la Bosnie et l'Herzégovine, ainsi qu'un droit
de garnison dans le sandjak de Novi-Bazar (1). C'était

---

(1) Voici en quels termes l'article 25 du traité de Berlin définissait les

la première étape du *Drang nach Osten*. Désormais l'Autriche se substituait à la Turquie dans une vaste partie de son territoire; elle s'avançait jusqu'aux portes du vilayet de Kossovo, touchait à la vallée du Vardar, c'est-à-dire à la route de Salonique.

L'attraction que le grand port de la mer Égée exerçait sur l'Autriche n'était pas seulement d'ordre économique. Malgré l'immense avantage qu'offrait la conquête de ce port, débouché naturel de toute la Macédoine, lieu de transit entre l'Europe centrale et le bassin de la mer Égée, l'Autriche y voyait surtout le moyen de s'évader de sa prison adriatique, de s'affranchir pour jamais de toutes les entraves qui pouvaient surgir du côté de l'Italie, et d'avoir enfin, sur une mer libre, un port dégagé de toute surveillance, de tout contrôle, de toute menace. Atteindre ce but, c'était s'assurer dans la Méditerranée orientale une influence prépondérante, c'était mettre la main sur une des routes qui relient l'Asie à l'Europe, c'était déplacer l'axe de la politique austro-hongroise pour la faire peser d'un poids décisif sur les affaires d'Orient.

De 1878 à 1909, l'Autriche a préparé avec méthode l'absorption de la Bosnie et de l'Herzégovine. Quand les circonstances lui ont paru favorables, au lendemain de la révolution jeune-turque, elle a annexé ces deux provinces sans se soucier de l'avis des autres puissances européennes. Il est vrai qu'en même temps elle a renoncé à ses droits sur le sandjak de Novi-Bazar, mais cette

---

droits de l'Autriche dans la Bosnie-Herzégovine et dans le sandjak de Novi-Bazar : « Les provinces de la Bosnie et de l'Herzégovine seront occupées par l'Autriche-Hongrie. Le Gouvernement d'Autriche-Hongrie ne désirant pas se charger de l'administration du sandjak de Novi-Bazar, qui s'étend entre la Serbie et le Mont-negro dans la direction sud-est jusqu'au delà de Mitrovitza, l'administration ottomane continuera d'y fonctionner. Néanmoins, afin d'assurer le maintien du nouvel état politique ainsi que la liberté et la sécurité des voies de communication, l'Autriche-Hongrie se réserve le droit de tenir garnison et d'avoir des routes militaires et commerciales sur toute l'étendue de cette partie de l'ancien vilayet de Bosnie. »

concession nécessaire avait moins pour but de restituer sincèrement à la Turquie un district à demi conquis que de donner au marché l'apparence d'un accord bilatéral, conclu à l'avantage des deux parties.

Pour établir un contact direct et permanent entre Vienne et Salonique, la première tâche était de relier les chemins de fer ottomans de la vallée du Vardar aux chemins de fer bosniaques. De là le projet de raccordement Serajevo-Mitrovitza, qui fut longtemps un des objectifs de la diplomatie austro-hongroise et dont les lenteurs ou les hésitations de la Porte surent toujours ajourner la réalisation.

Les événements de l'automne de 1912 modifièrent brusquement tous les calculs de l'Autriche. Il semble qu'elle n'ait eu le temps ni de les prévoir ni de les diriger, et qu'elle se soit trouvée inopinément en face de perspectives inattendues. C'est pourquoi elle ne pouvait qu'adopter une attitude réservée et mystérieuse, éviter de donner un assentiment formel aux actes ou aux conquêtes des États balkaniques, éviter plus encore de paraître les paralyser ou les combattre. On s'est demandé, durant toute cette période, ce que voulait l'Autriche, à quoi tendait sa mobilisation, ce que signifiaient les contradictions de sa diplomatie, les réticences de ses ministres. Il suffisait cependant, pour mettre un peu de lumière dans cette ombre, de remonter aux principes qui furent les bases de la politique austro-hongroise depuis le Congrès de Berlin, et de considérer dans quelle mesure ces principes pouvaient trouver dans les événements nouveaux un obstacle ou un appui. L'Autriche observait avec patience la marche des faits, et, tant que l'avenir ne paraissait point irrévocablement fixé dans un sens ou dans un autre, elle ne pouvait adopter une attitude précise. Mais, quand il fut certain que les victoires des États balkaniques allaient aboutir au partage territorial de la Turquie, quand il fut certain que la Serbie allait, à la

conclusion de la paix, annexer la Vieille-Serbie, une partie
du sandjak de Novi-Bazar, et qu'elle réclamait en outre
toute l'Albanie septentrionale, l'Autriche estima que
l'heure était venue d'intervenir, parce qu'en laissant les
événements s'accomplir, sans obtenir tout au moins de
fortes garanties économiques ou politiques, la route de
Salonique se fermait définitivement devant elle. Elle se
décida donc à rééditer pour son propre compte le coup
d'éclat d'Agadir, qui avait si bien réussi à l'Allemagne.
Sans formuler aucune revendication, sans engager
aucune conversation diplomatique, elle mobilisa son
armée. Et cette mobilisation méthodique, silencieuse,
savamment échelonnée pour entretenir et pour accroître
d'heure en heure l'émotion de l'Europe, eut les résultats
que l'Autriche en attendait. On commença à se préoccuper de ce qu'elle voulait, de ce qu'elle ne voulait pas, de
ce qu'elle permettrait aux Serbes de conquérir et de
ce qu'elle leur interdirait, des garanties qu'elle exigerait,
des désirs qu'elle formulerait, des ordres qu'elle dicte-
rait. Tout fut combiné pour intimider, non seulement
les États balkaniques, mais l'Europe. M. de Bethmann-
Hollweg annonça, le 2 décembre 1912, à la tribune du
Reichstag, que l'Autriche ferait valoir ses droits, et que
si ces droits lui étaient contestés par une grande puissance, l'Allemagne se rangerait aux côtés de son alliée.
Quelques jours plus tard, le 8 décembre, par une nouvelle mesure d'intimidation, on annonça à grand bruit
le renouvellement de la Triple-Alliance, afin que le bloc
triplicien apparût intact et inébranlable en face d'une
Russie hésitante, d'une France sans mandat, et d'une
Angleterre qui proclamait sa neutralité et qui, par
haine de la Russie, penchait ouvertement vers l'Autriche.

A mesure qu'elle sentait se raffermir sa situation
diplomatique, l'Autriche mettait plus de clarté dans ses
paroles et dans ses actes. Elle recommença à parler de

Salonique; elle laissa entendre qu'elle n'avait jamais renoncé à son débouché sur la mer Égée, et que, si elle ne désirait point de nouvelles conquêtes territoriales dans les Balkans, elle exigeait du moins que la route de Salonique lui restât ouverte (1).

Tout fait supposer que le comte Berchtold, pour des raisons d'ordre ethnique, n'a jamais cessé d'être hostile à l'annexion de nouveaux territoires slaves. Les Hongrois et les Allemands, qui luttent déjà avec beaucoup de peine contre les Slaves de la monarchie dualiste, seraient définitivement débordés, si les Serbes de Novi-Bazar, d'Uskub ou de Belgrade venaient un jour se joindre dans l'empire aux Serbes de la Bosnie, de l'Herzégovine et de la Croatie. Mais, en dehors de cette conquête territoriale, que les circonstances rendraient dangereuse, l'Autriche nourrit un rêve de tutelle économique et même politique sur le Montenegro, la Serbie et l'Albanie, rêve dont la réalisation ferait de ces États des dépendances directes, mais extérieures, de l'Autriche, ce qui offrirait le double avantage de leur laisser une indépendance apparente et de ne point les introduire, comme un élément perturbateur, dans les affaires austro-hongroises (2).

---

(1) A plusieurs reprises, les journaux viennois ont expliqué que l'Autriche désirait non seulement le raccordement Serajevo-Mitrovitza, mais l'internationalisation à son profit et sous son contrôle de toute la voie ferrée, depuis la frontière bosniaque jusqu'à Salonique, et du port même de Salonique. Le 1er novembre 1912, la *Neue freie Presse*, exposant le programme austro-hongrois sur cette question, précisait que le chemin de fer qui relierait l'Autriche-Hongrie à la mer Égée, c'est-à-dire Serajevo à Salonique, serait exterritorialisé, comme les chemins de fer de Mandchourie; il n'appartiendrait pas aux détenteurs du sol sur lequel il est établi, mais serait régi par une commission spéciale, où, comme bien on pense, l'Autriche se réserverait une influence prédominante. Un peu plus tard, le 13 décembre, un journal français, *Le Petit Parisien*, formulant les desiderata de l'Autriche, insistait sur ce point en ces termes : « Le Cabinet de Vienne est prêt à négocier avec eux [les Serbes] sur le terrain commercial, *mais ce qu'il veut surtout, c'est une communication directe avec Salonique, qui deviendrait port franc, en d'autres termes, un débouché vers la mer Égée.* »

(2) Ce rêve habile et mesuré du comte Berchtold se heurte à l'impatience brutale des milieux belliqueux qui entourent l'archiduc François-Ferdinand. *L'Écho de Paris* du 21 décembre 1912 traçait en ces termes,

C'est par ces moyens, et sous cette nouvelle forme, que l'Autriche compte réaliser son *Drang nach Osten*. Jamais, quels que fussent les événements, elle n'a renoncé à la vallée du Vardar ni à Salonique ; et, au moment même où les armées grecques entraient à Salonique, elle parlementait avec la Russie et l'Angleterre pour obtenir de ces deux puissances la reconnaissance des droits qu'elle s'attribuait sur le grand port ottoman de la mer Égée. Les circonstances ont pu l'obliger à varier ses attitudes ; mais le plan et le but sont restés les mêmes.

*
* *

Pour que la route de Salonique devienne et demeure austro-hongroise, il faut écarter d'elle toutes les ambitions extérieures. A vrai dire, la menace ne peut venir que de l'Italie, qui songe toujours à sa grande voie de pénétration de l'Adriatique au Danube, et qui poursuit en Albanie une propagande infatigable. Mais la protection de la route de Salonique n'est pas la seule préoccupation de l'Autriche. S'il lui importe d'être seule maîtresse de cette grande artère économique, elle a un intérêt stratégique plus grand encore à ce que l'Italie ne puisse jamais s'installer sur la rive orientale de l'Adriatique. Le problème albanais est incontestablement beaucoup plus grave pour l'Autriche que pour l'Italie. En effet, si l'Albanie échappe à l'Italie, celle-ci n'en reste pas moins en possession d'une des deux rives du canal d'Otrante, tandis qu'en perdant l'Albanie, l'Autriche perd tout, et l'Adriatique devient pour elle une prison maritime dont les clefs sont entre les mains d'un adversaire éventuel.

---

d'après la *Danzers Armee Zeitung*, le programme du parti de la guerre en Autriche : « Occuper l'Albanie ; conquérir la Macédoine jusqu'à la ligne Valona, Castoria, Salonique, Serres, Ichtip, Prichtina, le sandjak de Novi-Bazar, et annexer la Serbie jusqu'à Bajnabaska, Krokjeve et Kurskundj. »

On comprend donc que l'Autriche n'ait jamais séparé,
dans sa pensée, la conquête de l'Albanie de celle de Salonique, et que les deux choses lui aient toujours paru
étroitement connexes, liées indissolublement l'une à
l'autre. En même temps qu'elle poursuivait sa marche
vers Salonique, elle organisait l'invasion de l'Albanie,
mettait en œuvre les privilèges qu'elle s'était fait reconnaître par la Turquie (1), et allumait dans toute l'Albanie septentrionale des foyers intenses de propagande
austro-hongroise.

Qu'on nous permette à ce sujet de transcrire ici quelques détails caractéristiques de cette propagande, tels
que nous les rapportions dans *La Dépêche* du 27 décembre 1911 :

C'est par une propagande religieuse que l'Autriche prépara
l'annexion de la Bosnie-Herzégovine. Des missionnaires jésuites
s'installèrent un peu partout dans les deux provinces ottomanes
et travaillèrent l'opinion publique avec une activité intense,
jusqu'au jour où ils la considérèrent comme mûre pour accepter
un nouveau régime. Or, c'est à ce spectacle de propagande catholique, faite par les mêmes ouvriers, et vraisemblablement dans le
même but, que nous assistons, en ce moment, en Albanie. Des
missionnaires catholiques, des jésuites, sont installés à Scutari
et dans tous les centres de quelque importance. Leur activité est
infatigable et elle s'étend beaucoup plus dans le domaine politique
que dans le domaine religieux. A Scutari, les enfants albanais qui
fréquentent l'école catholique apprennent tout d'abord à chanter
l'hymne national autrichien, soit en albanais, soit en allemand.
On leur apprend à aimer le monarque autrichien et à le considérer
comme leur protecteur contre le Sultan. Le père Nou, curé de la
paroisse de Djou-Pegai, répand parmi ses ouailles une poésie populaire où l'on fait appel à l'Autriche contre la domination ottomane.
Un autre prêtre albanais, don Andrea Media, revenu de Vienne,
expose à ses auditeurs les merveilles de la capitale autrichienne
et la puissance du *grand Kaiser* (François-Joseph). On pourrait
multiplier à l'infini les exemples de cette nature. Ils montrent tous
comment l'Autriche prépare en Albanie l'heure de son intervention (2).

(1) Privilèges postaux, protectorat des catholiques albanais, etc.
(2) *La Rivalité austro-italienne en Albanie*, dans *La Dépêche* du 27 décembre 1911.

En même temps l'Autriche attachait à sa cause une partie des chefs albanais; elle pénétrait, par eux, dans les moindres villages et créait partout un état d'esprit favorable à ses desseins. Le résultat de cet effort apparut clairement, quand les victoires serbes posèrent la question des nouvelles limites du royaume de Serbie. L'Autriche s'opposa alors, avec une raideur inflexible, à l'extension de la Serbie jusqu'à l'Adriatique. En se prononçant pour la constitution d'une Albanie autonome et en imposant son point de vue à toutes les puissances, elle avait moins pour but de prolonger le servage économique de la Serbie (1) que de se ménager à elle-même une zone d'influence et d'action.

Mais cette zone ne peut vraiment se transformer en une sorte d'annexe politique ou économique de l'Autriche que si le contact territorial parvient à s'établir. L'Albanie étant séparée de l'Autriche à la fois par le Montenegro et par le sandjak de Novi-Bazar, il faut ou bien ouvrir un passage dans cette barrière, ou bien la faire disparaître tout entière en l'englobant dans la sphère de pénétration austro-hongroise. De là la brusque révélation, en décembre 1912, d'une « question monténégrine », à laquelle les journaux de Vienne s'efforçaient de donner une importance démesurée, en racontant que le roi Nicolas était menacé par le mécontentement de ses sujets, qu'il avait besoin de protection (2), et que les troupes austro-hongroises lui apporteraient cette protection en s'installant sur le mont Lovcen et sur les

---

(1) Ce qui prouve, comme l'ont d'ailleurs déclaré les journaux de Vienne, que l'Autriche ne poursuivait pas, en agissant ainsi, un but économique, mais politique, c'est qu'elle offrait à la Serbie un port sur la mer Égée, en toute propriété. Cette offre n'était pas pratiquement acceptable en raison des engagements pris par la Serbie à l'égard de ses alliés; mais il n'en reste pas moins vrai que l'Autriche laissait ainsi à la Serbie la possibilité d'un affranchissement économique.

(2) Il faut noter que ces bruits d'agitation monténégrine étaient absolument inexacts, et que le roi de Montenegro les fit démentir lui-même, notamment par un télégramme énergique paru dans le *Rouskoié Slovo* du 24 décembre 1912.

autres points stratégiques qui commandent Cattaro, Cettigné et Antivari. Des forces considérables étaient, en effet, massées dans la région de Spalato et de Raguse et sur toute la frontière dalmate. La menace était directe et précise, et la presse viennoise, s'associant au jeu des milieux militaires, s'efforçait d'allumer l'incendie (1).

Toutefois, la conquête du Montenegro, comme celle de la Serbie, comme celle de l'Albanie elle-même, n'est point un rêve facile à réaliser, même s'il ne s'agit que d'une conquête économique. Il faut compter avec les résistances locales, avec l'opposition de certaines puissances, et aussi avec des difficultés intérieures. Il est vraisemblable que l'Autriche ne se fait point d'illusions sur les obstacles qu'il faudra surmonter, et, à moins que les circonstances ne la poussent à une action plus décisive, elle se contentera pour l'instant d'enregistrer deux résultats qui prépareront et sauvegarderont l'avenir : l'autonomie albanaise et l'exterritorialité, au profit de l'Autriche, du chemin de fer de Mitrovitza à Salonique.

Ainsi, par cette double mesure, l'Autriche-Hongrie réalise, sous une forme encore atténuée mais certaine, son double dessein. D'une part, elle arrache à l'Italie la rive orientale de l'Adriatique et assure la liberté de ses mouvements dans le canal d'Otrante. D'autre part, elle atteint l'Égée, non pas, il est vrai, par une conquête territoriale éclatante, mais par une sorte de subterfuge, par un lien conventionnel, modeste et voilé, qui n'est, en

---

(1) Malgré la répugnance du Montenegro à entrer en conversation avec l'Autriche, la presse viennoise et le Gouvernement austro-hongrois lui-même ne cessèrent pas d'entretenir l'opinion de la « question monténégrine ». On multiplia les prétextes, on parla d'anciens traités entre l'Autriche et le Montenegro, on fit intervenir la menace en annonçant que l'Autriche n'accepterait point que Scutari fût annexé au Montenegro, on imagina enfin un projet de conquête du Montenegro par la Serbie, et le 13 janvier 1913, *La Gazette de la Bourse* de Saint-Pétersbourg assurait que des négociations se poursuivaient entre Cettigné et Vienne « dans le but de garantir la dynastie monténégrine contre la Serbie ». La base des négociations était toujours la question de la cession du mont Lovcen à l'Autriche.

définitive, ni moins réel ni moins durable que les autres. Dès lors, par une extension naturelle, c'est l'occupation progressive de la vallée du Vardar, la neutralisation de Salonique et son assujettissement à l'influence austro-hongroise, et enfin le commerce de l'Égée soumis presque tout entier au contrôle et à l'influence de l'Autriche-Hongrie, devenue maîtresse d'une des routes les plus actives entre l'Europe et l'Asie.

VI

LE POINT DE VUE RUSSE

La Russie qui, depuis Pierre le Grand, a pour objectif géographique la conquête de la mer libre, qui n'a cessé de concentrer sur ce point essentiel tous les efforts de sa diplomatie, qui dispose, pour faire accepter sa volonté, d'une force matérielle considérable, n'a jamais pu réaliser son rêve, et, par une singulière destinée, reste, depuis des siècles, prisonnière de ses propres frontières. Les deux mers qu'elle a pu atteindre en Europe, la Baltique et la Mer Noire, sont deux lacs fermés, dont les portes sont gardées par d'autres puissances, et dont ses vaisseaux ne peuvent franchir l'entrée que par une espèce de tolérance. Condamnée ainsi, en quelque sorte, à ne point avoir de politique navale, à ne jouer, dans les questions méditerranéennes, qu'un rôle indirect et restreint, elle a du moins su peser de tout son poids sur l'évolution de l'empire ottoman et déterminer par avance les conditions et les circonstances qui lui permettraient un jour de résoudre seule et à son profit le problème des détroits.

A vrai dire, il n'est pas douteux que cette barrière anormale et anachronique ne finisse un jour par s'abaisser. C'est la volonté, ce sont les intrigues de l'Angleterre qui l'ont artificiellement maintenue jusqu'ici; mais les raisons qui faisaient agir le Foreign Office ont, avec le temps, perdu une grande partie de leur force, et il est possible que dans un avenir prochain l'Angleterre soit la première à souhaiter et à préparer, comme un contrepoids nécessaire à l'installation allemande en Méditerranée, l'ouverture des détroits. Les inquiétudes anglaises du côté des Indes ne sont plus aujourd'hui motivées par la politique russe; elles ont des sources plus directes et plus graves. D'autre part, depuis les accords franco-anglais relatifs à la Méditerranée, l'Angleterre n'a plus les mêmes raisons de redouter que l'action éventuelle de la flotte russe de la Mer Noire soit dirigée contre elle dans la Méditerranée orientale. Enfin, si l'Allemagne devient, comme tout le fait prévoir, une puissance méditerranéenne, les traditions d'équilibre si chères à la Grande-Bretagne la conduisent invinciblement à paralyser, à neutraliser la nouvelle puissance par un élément égal et contraire.

Tout se combine donc pour offrir à la Russie des circonstances favorables à sa libération. En profitera-t-elle? Voudra-t-elle en profiter? Et les concessions par lesquelles il lui faudra acheter son affranchissement maritime ne lui paraîtront-elles pas trop onéreuses? En réalité, elle a tenté, plus d'une fois, de débattre ce marché avec la seule Turquie, et d'établir avec elle une entente que les autres puissances n'auraient eu qu'à enregistrer. La guerre italo-turque lui a paru une occasion excellente pour faire pression, à cet égard, sur le gouvernement ottoman. Le 6 décembre 1911, une dépêche de Constantinople signalait en ces termes la démarche de la Russie :

La Russie a remis à la Turquie une note aux termes de laquelle elle réclame pour la flotte russe de la Mer Noire le droit de traverser les Dardanelles et le Bosphore et demande que le passage des mêmes détroits reste à l'avenir interdit aux flottes de guerre des autres puissances.

La *Yeni Gazetta* exprime son étonnement de la démarche russe, qui constitue un incident politique plus important que tous les malheurs qui ont frappé la Turquie depuis quarante ans. Cette proposition inattendue de la Russie indique, en effet, l'existence de négociations et de décisions secrètes.

La *Yeni Gazetta* rapproche cette démarche russe du bruit qui a couru relativement à de grandes concentrations militaires russes à la frontière vers Kars, et dit qu'aucun cabinet ottoman n'accep-

terait une pareille proposition, qui réduirait la Turquie au rang
de simple province sous le protectorat de la Russie.

Le journal assure que la Porte donnera une réponse catégorique
à ce sujet.

En effet, d'après des informations de source sûre, la Porte a
décidé de rejeter les demandes de la Russie tendant à l'ouverture
des Dardanelles, car autrement ce serait assurer à la Russie une
situation prédominante à Constantinople.

Le *Novoié Vrémia* se déclara autorisé à opposer un
démenti officiel à cette information; mais on ajouta
que ce démenti s'appliquait moins au fait même des
négociations, qui étaient réelles, qu'à la forme catégorique et brutale qu'on leur supposait et aussi, ajoutait-on, au droit d'exclusivité qu'aurait réclamé la
Russie.

La Porte s'était d'ailleurs empressée d'ébruiter l'incident, afin d'embarrasser la Russie et de l'obliger à
un démenti officiel. Quelques jours plus tard, le 23 décembre, l'ambassadeur de Russie à Constantinople,
M. Tcharykoff, l'ouvrier malheureux de cette négocia-
tion, était rappelé à Saint-Pétersbourg (1), et remplacé
à Constantinople par M. de Hartwig, ministre de Russie
à Belgrade.

La guerre balkanique devait nécessairement faire
resurgir la question des détroits. Pendant le cours des
hostilités, quelques informations réveillaient discrète-
ment dans le public l'éternel problème. Le 17 novembre
1912, *La Gazette de Saint-Pétersbourg* annonçait que la

---

(1) Il faut dire aussi que le rappel de M. Tcharykoff fut officiellement
expliqué d'une autre manière. Le Gouvernement russe reconnut que son
ambassadeur avait présenté à la Turquie un projet d'entente sur la question des détroits, mais il assura que M. Tcharykoff avait agi de sa propre
initiative et sans ordre supérieur. On ajoutait que le Gouvernement ottoman avait lui-même encouragé l'ambassadeur russe dans cette voie, et
lui avait suggéré l'idée de rédiger et de présenter un projet en ce sens,
afin de pouvoir, en le repoussant avec éclat, dénoncer les ambitions russes
et éveiller les défiances britanniques. Cette version reste assez invraisem-
blable, car on se demande comment M. Tcharykoff aurait pu accueillir
des avances de cette nature et y répondre, sans avoir consulté son Gouvernement et sans l'avoir informé des débats qui allaient s'engager sur
un sujet aussi délicat.

Russie saurait faire respecter ses intérêts dans la liquidation de la question d'Orient, et qu'elle exigerait le
désarmement du Bosphore et des Dardanelles. Quatre
jours plus tard, le 21 novembre, la *Frankfurter Zeitung*
publiait la dépêche suivante de son correspondant de
Saint-Pétersbourg :

> J'apprends, de source généralement bien informée, que le Gou-
> vernement russe a décidé d'exiger le libre passage des Dardanelles
> et quelques stations charbonnières. L'opinion générale à Saint-
> Pétersbourg est que le Cabinet a l'intention d'entamer la discus-
> sion de la question des détroits, mais n'est pas encore fixé sur la
> méthode à suivre.

La question des détroits s'imposait en effet à ce
moment avec une telle force à l'attention de la Russie,
que les autres problèmes balkaniques lui paraissaient
secondaires, ou même négligeables. On était prêt, à
Saint-Pétersbourg, à multiplier les concessions à l'égard
de l'Autriche et de l'Angleterre, pourvu qu'on pût
obtenir, en échange, des engagements rassurants du
côté de Constantinople et des détroits.

Le 26 novembre, l'envoyé spécial du *Petit Journal* à
Constantinople, M. Eugène Ucciani, adressait à ce
journal un exposé du point de vue russe dans la question des détroits, tel que le lui avait précisé M. Doukhovetsky, représentant à Constantinople de l'Agence
télégraphique de Saint-Pétersbourg. Cet exposé se ré-
sumait ainsi :

> La Russie veut que Constantinople — et naturellement le
> Bosphore avec un hinterland de valeur stratégique suffisante —
> soit *entre ses mains* ou reste *entre les mains des Turcs*, car avec les
> Turcs elle s'arrangera toujours pour sauvegarder ses intérêts.
> Elle repoussera toute autre solution et *n'acceptera à aucun prix*
> *l'internationalisation de Constantinople*, ce qu'on ne cache pas dans
> ses sphères diplomatiques.
> Le but de la Russie est que le Bosphore soit *fermé à toute flotte*
> *militaire étrangère* (1), la sécurité de ses côtes de la Mer Noire

---

(1) On remarquera que cette déclaration concorde parfaitement avec

l'exige impérieusement. En quelque situation que se trouvent son armée et sa marine, la Russie fera la guerre pour soutenir ce point de vue : c'est une question vitale pour elle, et on ne pourrait la résoudre contrairement à sa volonté que si elle était totalement vaincue, à bout d'efforts. Ceci, quel que soit le gouvernement au pouvoir, car il ne s'agit pas là d'une ambition de parti, mais du point de vue national.

La Russie ne tient d'ailleurs au Bosphore que comme position défensive. La preuve en est que, si elle le possédait, elle se désintéresserait des Dardanelles. La puissance qui les aurait pourrait les fortifier que la Russie n'y trouverait rien à redire. Naturellement, elle préférerait avoir toute latitude pour faire passer à son gré sa flotte de la Mer Noire dans la Méditerranée; mais ceci n'est qu'une question secondaire pour laquelle elle ne risquerait pas un conflit, tandis que pour le Bosphore elle est prête à tous les sacrifices. Le libre passage des Dardanelles aux navires de commerce intéresse, du reste, beaucoup plus les autres États que la Russie. Quand elles ont été fermées dernièrement, lors de la guerre italo-turque, c'est l'Angleterre qui a protesté la première, puis insisté pour leur réouverture. La Russie tient, elle aussi, évidemment, à ce qu'il n'y ait pas d'entrave à la libre circulation, mais non d'une façon plus particulière que les autres États. Tout son commerce est fait par des bateaux étrangers; elle importe d'ailleurs très peu par la Mer Noire, presque rien, et ses exportations sont à peu près exclusivement des exportations de céréales dont les pays acheteurs, Allemagne, Angleterre, Italie, ont un besoin immédiat pour vivre.

Les visées de la Russie sur Constantinople n'ont donc pas pour base une ambition politique, mais exclusivement une nécessité vitale.

En réalité, les résolutions de la Russie ne sont ni aussi vigoureuses ni aussi exclusives que le prétend M. Doukhovetsky. Ce qui reste certain, c'est que, tout en voulant fermement ouvrir à sa flotte la route de la Méditerranée, elle hésite sur les moyens diplomatiques, sur la marche à suivre, sur l'heure même de son action.

*
* *

D'ailleurs, l'ouverture des détroits ne suffirait pas à

---

le texte présumé de la note présentée par M. Tcharykoff au Gouvernement ottoman et par laquelle la Russie demandait pour elle le libre passage des détroits tout en le refusant aux flottes étrangères.

faire de la Russie une puissance méditerranéenne. En lui ouvrant la route de la Méditerranée, cette solution ne lui donnerait point encore une installation réelle dans cette mer. Sa flotte ne pourrait jamais y exercer qu'une action fort limitée, en raison de l'éloignement de ses points d'appui. Il faut donc, de toute nécessité, que l'ouverture des détroits ait pour corollaire la possession de quelques bases permanentes dans l'Égée ou dans la Méditerranée orientale. Voilà pourquoi les mêmes informations de *La Gazette de Saint-Pétersbourg* et de la *Frankfurter Zeitung* (1) qui annonçaient le réveil de la question des détroits annonçaient aussi le désir de la Russie d'obtenir la concession d'une île ottomane pour y établir une station de charbon.

En fait, la Russie cherche, sous une forme ou sous une autre, à déboucher sur un point quelconque de la Méditerranée. Pour y parvenir, il faut qu'elle absorbe graduellement cette Asie Mineure si convoitée d'autre part par l'Allemagne et où la résistance ottomane sera, de son côté, plus énergique que partout ailleurs.

L'entreprise est difficile à réaliser, sinon impossible.

A l'heure actuelle, la Russie chemine à travers l'Asie Mineure dans deux directions différentes, en laissant aux circonstances le soin de déterminer laquelle de ces deux directions la conduira le plus sûrement et le plus rapidement à son but. Elle considère le rivage ottoman de la Mer Noire comme un héritage plus ou moins éloigné, mais certain. De Batoum à Trébizonde, de Trébizonde à Samsoun, de Samsoun au Bosphore, elle s'est tracé une route qui doit aboutir à Constantinople. Un autre effort de pénétration russe tend, à travers l'Arménie, vers le golfe d'Alexandrette et vers la Syrie. Ces deux directions divergentes sont en quelque sorte contradictoires, car il ne semble pas possible que la

_____

(1) Voir plus haut, page 64.

Russie nourrisse le rêve de conquérir dans ce double effort l'Asie Mineure tout entière. Elle sait qu'elle se heurterait à des intérêts allemands si réels, si nombreux, si énergiquement défendus, qu'elle serait contrainte, pour en triompher, de courir les risques d'une formidable guerre. Mais, entre ses deux convoitises, Constantinople d'une part, le golfe d'Alexandrette d'autre part, elle peut établir une balance d'intérêts destinée à devenir, au moment opportun, la base d'un marchandage diplomatique.

Si, conformément à une hypothèse quelquefois envisagée, elle parvient à obtenir le partage de l'Asie Mineure en deux zones, une zone septentrionale soumise à l'influence russe et une zone méridionale soumise à l'influence allemande, elle fera bon marché des droits et des intérêts qu'elle prétend avoir du côté de Payas (golfe d'Alexandrette) et de la Syrie, et elle accordera à la Bagdad-Bahn tous les raccordements qu'elle souhaitera du côté de la Perse septentrionale. C'est qu'en effet un partage de ce genre ne lui assurerait pas seulement la possession définitive de Constantinople. Il aurait encore pour résultat de lui permettre de s'avancer jusqu'aux rives de la mer Égée, à la hauteur de Mytilène, et peut-être même jusqu'à Smyrne, c'est-à-dire de lui donner enfin sur la Méditerranée une fenêtre largement ouverte et des ports libres et sûrs. Cela vaut bien quelques sacrifices sur d'autres points.

Si, au contraire, elle rencontre dans ce projet une opposition irréductible de la part de l'Allemagne, qui voudra peut-être conserver un contrôle exclusif sur la Bagdad-Bahn, depuis son origine, c'est-à-dire, en dernière analyse, depuis Scutari d'Asie, et, par conséquent, enfermer dans sa sphère d'influence toutes les côtes de l'Asie Mineure, depuis Scutari jusqu'à Alexandrette, la Russie se trouvera rejetée du côté de l'Arménie et de la Syrie et multipliera ses prétentions sur ces deux points dans la mesure où elle aura été contrainte de les réduire dans l'Asie Mineure occidentale.

Il semble, d'ailleurs, qu'elle n'ait jamais eu qu'une confiance médiocre dans le succès de ses propres efforts du côté de la mer Égée et qu'elle ait préparé son action avec beaucoup plus de soin du côté de l'Arménie et de la Syrie. La Russie a, dans le Caucase, de nombreux sujets arméniens, et elle en tire argument pour s'arroger des droits d'intervention dans les provinces arméniennes de l'empire ottoman. Elle a mis à profit toutes les occasions qui se sont offertes à elle pour affirmer ou pour renforcer ces droits, et elle a ainsi créé une situation de fait qu'il est malaisé de lui contester aujourd'hui. Dès 1893, comme nous l'avons vu plus haut (1), elle insistait auprès de l'Allemagne pour que la Bagdad-Bahn, c'est-à-dire l'instrument de l'influence allemande, ne pénétrât pas dans la zone arménienne d'Erzéroum, de Kharpout et de Diarbékir, et se détournât vers le sud pour atteindre la Mésopotamie par Koniah, Adana et Alep. Un peu plus tard, quand les massacres provoquèrent un mouvement d'émigration arménienne de Turquie en Russie, ces deux pays conclurent une convention par laquelle la Russie s'engageait à empêcher le retour en Turquie des Arméniens émigrés au Caucase et la Turquie s'engageait en retour à ne confier qu'à des capitalistes russes les concessions de voies ferrées qu'elle accorderait dans certaines parties de l'Anatolie (2).

Ainsi délivrée de toute menace de concurrence étrangère dans cette région réservée à son influence, la Russie n'a cessé d'y multiplier ses intrigues. La révolution de 1908 avait éveillé dans les provinces arméniennes de l'empire ottoman de grandes espérances, qui furent assez vite déçues. Les massacres d'Adana et l'obstination du

---

(1) Voir plus haut, *Le point de vue allemand*, p. 21.
(2) Cf. *La Situation des Arméniens en Turquie exposée par des documents, 1908-1912*. S. l. n. d., pp. 25-26.

nouveau régime à ne point réparer les injustices de l'ancien favorisèrent la propagande russe. En novembre 1912 (1), le patriarche arménien demandait ouvertement à l'ambassadeur russe à Constantinople la protection de la Russie et l'occupation par cette puissance de l'Arménie et du Kurdistan. D'autres informations représentaient toute la population arménienne comme acquise à l'idée d'un protectorat ou tout au moins d'un contrôle de la Russie sur l'Arménie ottomane. Comme les Arméniens eux-mêmes, la Russie était assez désireuse de soulever la question des réformes arméniennes (2) à la conférence des ambassadeurs des grandes puissances à Londres. Sur les instances de la France, et peut-être aussi d'autres puissances, qui craignaient, non sans raison, qu'une telle question n'entraînât l'examen et la discussion de toutes les questions similaires et ne posât ainsi le problème du partage de la Turquie d'Asie, le Gouvernement russe renonça à son projet et fixa son attitude par une déclaration que le correspondant du *Temps* à Saint-Pétersbourg reproduisait en ces termes :

La prudence exige que l'on reconnaisse que, dans la situation internationale actuelle, le moment ne serait vraiment pas favorable pour soulever la question arménienne dans toute son ampleur.

Cette question importante et aiguë sera mise à l'ordre du jour dès que la guerre sera terminée et que la situation politique aura perdu de sa tension.

Les Arméniens doivent savoir qu'ils peuvent compter sur l'appui de la Russie. L'histoire est là pour dire que le Gouvernement russe s'est toujours intéressé de très près à leur destinée. Tout dernièrement encore, notre ambassadeur à Constantinople attira l'at-

---

(1) Cf. *Die Zeit* du 18 novembre 1912.

(2) Ces réformes étaient prévues et promises par l'article 61 du traité de Berlin, dont voici le texte : « La Sublime Porte s'engage à réaliser, sans plus de retard, les améliorations et les réformes qu'exigent les besoins locaux dans les provinces habitées par les Arméniens et à garantir leur sécurité contre les Circassiens et les Kurdes. Elle donnera connaissance périodiquement des mesures prises à cet égard aux puissances, qui en surveilleront l'application. »

tention de la Porte sur les meurtres qui se sont produits dans le
Kurdistan et lui fît entendre d'avoir à prendre des mesures
efficaces pour rétablir l'ordre dans ces régions frontières de la
Russie et assurer la sécurité de la population arménienne.

Les Arméniens doivent savoir sans doute que nous ne nous en
tiendrons pas là.

Les projets de réforme élaborés par la Turquie ne pourront
recevoir la sanction du Gouvernement russe que si ces projets
garantissent absolument tous les intérêts et tous les besoins du
peuple arménien.

En ce moment nous estimons le moment mal choisi pour soulever cette question qui se pourra beaucoup mieux régler quand
celles qui intéressent l'Europe tout entière auront reçu une sanction (1).

En réalité, toute cette fermentation arménienne, habilement entretenue par la Russie, et non sans succès, tend
à ouvrir à la poussée russe la route du golfe d'Alexandrette. On remarquera, en effet, que la Russie insiste
pour que l'article 61 du traité de Berlin soit interprété
dans son sens le plus large, c'est-à-dire pour que les
réformes promises par la Turquie ne s'appliquent pas
seulement à l'Arménie propre, mais encore à toutes les
régions où sont établies des agglomérations arméniennes.
Cette interprétation donnerait à la Russie le moyen
d'étendre son contrôle jusqu'à Adana, où la population
arménienne est fort nombreuse, c'est-à-dire, en dernière
analyse, jusqu'à la Méditerranée, but suprême de son
effort.

En même temps, elle prolonge jusqu'en Syrie, jusqu'en Palestine, son lent travail d'infiltration. Nulle
part, sans doute, elle ne réalisera facilement ses desseins,
car d'autres ambitions, d'autres intérêts, d'autres droits
se dresseront devant les siens. Mais elle aura remporté
néanmoins une grande victoire et elle aura ouvert des
perspectives immenses à son essor politique et écono-

---

(1) *Le Temps* du 4 janvier 1913.

mique, si elle parvient, même sur un seul point, à briser la barrière qui la sépare de la mer et à entrer dans le cercle des puissances méditerranéennes, où elle a déjà su, d'ailleurs, se faire admettre, en participant au contrôle des affaires de la Crète et du Liban.

VII

LE POINT DE VUE FRANÇAIS

Les intérêts qu'elle possède à la fois dans le bassin oriental et dans le bassin occidental de la Méditerranée obligent la France à mettre dans sa politique méditerranéenne une vigilance infatigable. Il est nécessaire qu'elle puisse, en toute circonstance, maintenir entre elle et ses colonies de l'Afrique du Nord un contact à l'abri de toute menace. Il est nécessaire qu'elle puisse faire face, avec ses seules forces navales, au groupement des flottes austro-hongroise et italienne. Il est nécessaire enfin qu'elle puisse faire valoir, dans la Méditerranée orientale, les droits séculaires qui lui ont été reconnus, qu'elle puisse y maintenir son influence, et y assurer la continuité de sa pénétration politique et économique, au milieu des rivalités opiniâtres qui s'acharnent contre elle.

Ces nécessités diverses l'ont amenée à envisager le problème méditerranéen sous deux aspects différents. D'une part, elle a conclu avec l'Italie, avec l'Angleterre, avec l'Espagne, des accords spéciaux qui lui ont permis de développer en toute sécurité sa politique africaine, et d'assurer la protection de ses intérêts dans la Méditerranée occidentale. D'autre part, elle a gardé, vis-à-vis des mêmes puissances, sa liberté d'action dans la Méditerranée orientale, parce que les intérêts qui sont ici en jeu sont trop contradictoires pour que cette collaboration puisse les sauvegarder tous.

A vrai dire, c'est, le plus souvent, sous l'impulsion du Gouvernement britannique qu'elle a déterminé ses attitudes. C'est l'Angleterre qui a voulu et préparé les accords relatifs à la Méditerranée occidentale; c'est elle

qui a précisé les conditions auxquelles se ferait l'installation de la France au Maroc ; c'est elle encore qui a eu
l'initiative du projet de collaboration navale des deux
pays. En réalité, cette influence anglaise a dirigé presque
tous nos actes pendant de longues années, et si nous
avons pu, par elle, nous réserver certains avantages sur
quelques points, elle nous a contraints, sur d'autres, aux
concessions les plus onéreuses (1).

D'ailleurs, la collaboration anglo-française n'entraîne
point une entente précise et générale. Elle est prévue
pour des cas déterminés, elle a des limites étroites dans
l'espace et dans le temps. L'Angleterre n'est point notre
alliée ; elle ne nous apporte pas un concours sans réserves ; elle ne s'associe pas à nos victoires et à nos
défaites diplomatiques ; elle reste, vis-à-vis de nous,
distante, soupçonneuse, presque hostile, et les accords
qu'elle signe avec nous ne l'empêchent point de conserver, dans l'orientation de sa politique extérieure,
une liberté presque absolue.

Ce n'est que dans l'été de 1912 que fut annoncée
officiellement la concentration des escadres françaises
dans la Méditerranée, et ce n'est que le 15 octobre de
cette année qu'elle fut réalisée. Mais l'entente qui avait
donné lieu à cette décision était bien plus ancienne.
Dès le 3 septembre 1911, nous en révélions les lignes
générales dans un article de *La Dépêche,* dont voici les
principaux passages :

Ce n'est plus un secret pour personne qu'un accord militaire lie
aujourd'hui l'Angleterre et la France ; non point, à vrai dire, une
alliance explicite et générale, semblable à celle qui unit la Russie
et la France, ou l'Angleterre et le Japon, mais un accord fait en
vue d'éventualités déterminées, spécifiquement mentionnées et
envisagées, et qui entraîneraient une action commune des deux

---

(1) Pour tous détails, voir nos articles de *La Dépêche* au cours des années
1911 et 1912.

puissances, dont les intérêts se trouveraient menacés en même temps.

La base principale de cet accord consiste dans la nécessité de maintenir, en cas de conflit, la liberté des mers et d'assurer la maîtrise des eaux européennes à la combinaison des flottes alliées.

Dans ce but, l'accord prévoit une série de mesures, dont la plus importante tend à laisser à la France seule la charge de garder la maîtrise de la Méditerranée contre le groupement éventuel de l'Autriche, de l'Italie et peut-être aussi de la Turquie, qui, comme on sait, construit aujourd'hui une flotte, sur les conseils de l'Allemagne et, espère-t-elle, avec l'argent français.

De là cette répartition nouvelle de nos escadres, qui fait qu'aujourd'hui toutes les forces vives de la marine française sont et resteront concentrées dans la Méditerranée, pour s'appuyer, en cas de guerre, sur le formidable quadrilatère maritime que forment Gibraltar, Toulon, Malte et Bizerte.

En retour, l'Angleterre ramènera de la Méditerranée dans l'Océan les escadres groupées autour de ses points d'appui et assurera à elle seule la maîtrise de la mer du Nord, de l'Océan et la protection des côtes françaises.

C'est en vertu et en conséquence de cet accord que le commandement général des forces anglaises de la Méditerranée a été transféré de Malte au Caire, où il devient le centre de l'action britannique dans toutes les questions d'Orient. C'est en vertu et en conséquence de cet accord que les plans militaires et navals de la France et de l'Angleterre ont été complètement modifiés. C'est enfin en vertu et en conséquence de cet accord que les deux puissances alliées aux deux contractants, la Russie et le Japon, auxquelles ont été communiqués les termes de l'entente, ont adopté l'une et l'autre une attitude concordante.

Rappelons seulement le rapport récent du Gouvernement russe sur la nécessité, pour la Russie, de reconquérir sans tarder la maîtrise de la Baltique, c'est-à-dire de la seule mer dont l'Allemagne puisse se dire aujourd'hui maîtresse.

Ainsi, par cet enchaînement des nécessités diplomatiques, la Méditerranée redevient cette *mare nostrum*, ce lac français qu'elle n'aurait jamais dû cesser d'être et dont nous devons désormais rester, pour toujours, les maîtres absolus (1).

Les polémiques soulevées dans la presse anglaise par cet article (2) amenèrent le Gouvernement britannique

---

(1) *Mare nostrum*, dans *La Dépêche* du 4 septembre 1911 (article daté du 3 septembre).

(2) Cf. notamment le *Daily News* du 15 septembre, qui prit prétexte de cet article pour demander une réduction des forces navales anglaises de la Méditerranée. La presse allemande s'empara aussi du même article

à nier d'abord, à avouer ensuite, bien qu'en termes voilés, l'entente anglo-française, dont la réalité n'est plus aujourd'hui contestée par personne.

Il faut d'ailleurs ajouter que les puissances de la Triple-Alliance ont répondu à la concentration des escadres françaises dans les eaux méditerranéennes par une activité nouvelle, dont la manifestation la plus importante a été l'installation d'une division navale allemande dans la Méditerranée (1). Néanmoins, dans toutes les éventualités où l'entente anglo-française pourrait recevoir son application, il semble certain que la France atteindrait le but poursuivi par elle, c'est-à-dire le maintien du contact maritime entre la métropole et l'Algérie soit pour sauvegarder notre colonie africaine, soit pour assurer le transport en France des troupes algériennes. Gibraltar, Toulon, Malte et Bizerte forment un ensemble stratégique assez fort pour résister à toute attaque et pour assurer dans les limites de ses lignes la maîtrise absolue de la mer à la flotte anglo-française. A ce point de·vue, la conquête de la Tripolitaine a elle-même fortifié la situation de la France dans le bassin occidental de la Méditerranée, parce qu'elle a imposé à l'Italie des obligations nouvelles, et qu'elle aboutit en dernière analyse à étendre le front de mer de l'Italie, à la contraindre à porter son attention et ses forces, en cas de conflit, sur sa nouvelle colonie africaine, et par conséquent à affaiblir d'autant son action éventuelle dans la Mer Tyrrhénienne.

La situation et la politique de la France dans la Méditerranée orientale se présentent sous un aspect tout

---

pour le commenter et le discuter. Cf. notamment la *Kölnische Zeitung* du 6 septembre.

(1) Voir plus haut, *Le point de vue allemand*, page 27 et suiv.

différent. Ici, elle est seule. Elle ne peut compter ni sur la collaboration de l'Angleterre, dont les ambitions et les intérêts sont opposés aux siens, ni sur des bases navales métropolitaines, ni sur l'appui de son alliée, confinée dans la Mer Noire. Bien plus, elle est contrainte d'écarter elle-même comme une menace toute action éventuelle de l'Angleterre et de la Russie, parce que le point géographique sur lequel sont rassemblés ses intérêts est précisément convoité avec une patiente ténacité par l'Angleterre et la Russie. Si les circonstances voulaient que la Russie obtînt le libre passage des détroits, la France devrait se réjouir de ce succès russe parce qu'il lui apporterait un appoint non négligeable dans la maîtrise de la Méditerranée occidentale, et en même temps elle devrait s'en affliger parce qu'il constituerait pour elle un danger direct dans la Méditerranée orientale.

Tous les intérêts, tous les efforts, toutes les espérances de la France dans cette partie de la Méditerranée, sont concentrés en Syrie. Les droits de la France y sont anciens, réels, indiscutés, et si l'on ne faisait état que de cette sorte d'arguments, aucune puissance ne pourrait contester à la France la place prépondérante qu'elle revendique. Mais pour la diplomatie contemporaine les droits historiques ne sont que des droits théoriques, dont on peut faire assez bon marché. Les droits les plus sûrs sont ceux qui touchent aux intérêts économiques, aux intérêts politiques, ou tout simplement aux ambitions territoriales. Dans cet ordre d'idées, il est indéniable que la France a laissé grandir en Syrie des intérêts étrangers, allemands, anglais, russes, italiens même, qui menacent aujourd'hui de submerger les siens. S'il est vrai qu'à Beyrouth et dans le Liban, nous ayons conservé une certaine avance sur nos concurrents, il est également vrai que cette avance, nous l'avons perdue en Palestine et aussi dans certaines autres parties de la Syrie, et que, dans le Liban même, elle décroît graduellement.

La politique extérieure de la France, en ces derniers temps, a eu pour objectif, dans cette question de Syrie, d'écarter les rivalités les plus dangereuses. Mais elle n'y a réussi que partiellement. Le plan qu'elle a suivi consistait à refouler dans d'autres régions de l'Asie les ambitions des diverses puissances, afin de conquérir dans la Syrie sa pleine liberté d'action. Le jour, en effet, où elle aurait obtenu de la Russie une déclaration formelle de désintéressement en Syrie en échange d'une liberté d'action en Arménie, un engagement semblable de la part de l'Allemagne en échange d'une liberté complète d'action en Asie Mineure et en Mésopotamie, enfin une promesse identique de la part de l'Angleterre en échange d'une liberté également complète en Arabie, le problème serait résolu. Mais il y a loin de cet idéal à la réalité des faits. Les affaires de Tripolitaine ont amené l'Italie à renoncer, au moins pour un temps, à toute tentative en Turquie d'Asie; mais cette abstention n'a pas sensiblement modifié les difficultés. Les chancelleries ont essayé, à diverses reprises, de diviser la Turquie d'Asie en sphères d'influence, afin de donner à chacune des quatre puissances européennes intéressées un champ d'action déterminé, et d'éviter des contestations et des querelles ultérieures. Mais ces tentatives mêmes ont montré à quel point la question était obscure, complexe, insoluble. Si personne ne songe à disputer à la Russie la zone d'influence qu'elle réclame en Arménie, ni à l'Angleterre la zone d'influence qu'elle réclame en Arabie, il n'en va plus de même pour la Syrie, vers laquelle convergent les ambitions des quatre puissances et à laquelle aucune d'elles ne veut sincèrement renoncer.

A l'heure actuelle, les efforts diplomatiques de la France paraissent avoir été tout à fait stériles du côté de l'Allemagne et de la Russie (1); mais, du côté de

---

(1) Voir plus haut, *Le point de vue allemand* et *Le point de vue russe*.

l'Angleterre, ils ont abouti à de meilleurs résultats. Jusqu'en décembre 1912, l'Angleterre a maintenu ses visées sur la Syrie, et refusé de s'effacer devant la France. Sur les instances du Gouvernement français, elle a consenti, à cette époque, à ramener vers le sud les bornes de la zone qu'elle rêve de soumettre à son influence, et à en fixer la limite septentrionale à la hauteur du port d'Akka (Saint-Jean-d'Acre). Mais cette concession, d'ailleurs purement verbale, et que les circonstances ultérieures peuvent modifier, n'en laisse pas moins toute la Syrie méridionale, c'est-à-dire toute la Palestine, hors de la sphère d'influence française. L'Angleterre estime, en effet, que le désintéressement dont elle fait preuve à l'égard du Liban doit avoir pour contre-partie un désintéressement égal de la France à l'égard de la Palestine. Cet arrangement ne consacre donc point les droits de la France; il aboutit au contraire à une sorte de partage de la Syrie, dans lequel nous sacrifions une région sur laquelle nos droits étaient certains et par lequel nous n'obtenons la reconnaisance de nos privilèges sur un point qu'en les abandonnant sur un autre. Le marché est donc onéreux, puisqu'il aboutit à une énorme diminution de la part qui nous était réservée et dont les limites naturelles et historiques devaient remonter vers le nord jusqu'à Alep et descendre vers le sud jusqu'à El-Arich.

Au surplus, l'attitude et les concessions de l'Angleterre sont loin d'être définitives, et il est vraisemblable que l'action de la France sur la Syrie septentrionale ne s'exercera pas sans certaines résistances de la part du Gouvernement de Londres. Mais, même si l'on admet que l'avenir ne nous réserve sur ce point aucune surprise désagréable, il restera encore à vaincre l'opposition russe et l'opposition allemande.

Si la France laisse le champ libre à l'Angleterre dans toute la Syrie méridionale, il est possible que les convoitises russes se heurtent plutôt aux desseins de l'Angleterre qu'à ceux de la France, car si l'Angleterre désire la Syrie, c'est surtout pour posséder Jérusalem et les Lieux saints, et cet objectif est exactement aussi celui de la Russie.

Mais l'Allemagne ne fait point de distinction entre le nord et le sud de la Syrie. Ses intérêts économiques et commerciaux sont aussi grands à Khaïffa qu'à Alep, à Jérusalem qu'à Alexandrette, et elle compte bien ne laisser à aucune autre puissance européenne le soin d'installer son influence et sa domination politique dans cette partie de l'Asie. Contre cette résistance, on se demande ce que pourront les conversations diplomatiques, et si, pour triompher de telles ambitions, il suffira de faire appel aux droits théoriques que nous détenons.

Le Gouvernement français a essayé de donner à ces droits une nouvelle consécration au moyen de diverses initiatives qui n'ont pas toutes été heureuses. Deux au moins sont à signaler. L'une, qui date du 21 novembre 1912, a été marquée par une démarche simultanée de M. Poincaré auprès de l'ambassadeur de Turquie à Paris, Rifaat-Pacha, et de M. Bompard, ambassadeur de France à Constantinople, auprès du grand-vizir Kiamil-Pacha, démarche dont l'objet était de rappeler que « la France, agissant en qualité de protectrice des chrétiens d'Orient, serait obligée de rendre le Gouvernement ottoman responsable de toute violence exercée sur eux, et lui demandait, en conséquence, de la façon la plus instante, de donner des ordres formels aux valis pour prévenir cette éventualité (1) ». Après avoir ainsi ressuscité diplomatiquement le vieux privilège qu'avait la France de protéger les chrétiens d'Orient (2), le Gouvernement français prenait l'initiative, quelques semaines

_____

(1) *Le Temps* du 22 novembre 1912.
(2) Privilège d'ailleurs fort compromis depuis le traité de Berlin (1878), dont l'article 62, tout en reconnaissant les droits de la France, étendait

plus tard, de provoquer une série de réformes au Liban, réformes assez insignifiantes pour la plupart, et qui, en tout cas, ne pouvaient accroître en rien l'action et le prestige de la France (1). On peut même dire que le nouveau statut, qui fut signé à Constantinople le 23 décembre, ne pouvait être profitable qu'à l'Allemagne, puisqu'il introduisait cette puissance dans l'administration du Liban, d'où elle était jusqu'alors restée éloignée (2).

On voit qu'en définitive, si la France a, en Syrie, une zone d'influence sur laquelle ses droits sont fort anciens et fort solides, cette zone se trouve d'abord territorialement très réduite par la volonté de l'Angleterre, et ce qui en reste lui est âprement disputé par la Russie et surtout par l'Allemagne. Le jour où la liquidation de la Turquie d'Asie s'ouvrira à son tour, la France aura besoin d'une diplomatie singulièrement habile pour résoudre à son avantage un problème aussi malaisé.

à tous les agents diplomatiques et consulaires des puissances le droit de protection officielle à l'égard des ecclésiastiques, pèlerins, moines, et des établissements religieux.

(1) On a pu très justement reprocher au Gouvernement français d'avoir conçu et proposé ces réformes à un point de vue exclusivement libanais, au lieu de se préoccuper avant tout des intérêts de la France et des avantages qu'elle pouvait et devait en retirer.

(2) Elle en était restée éloignée, non en droit, mais en fait. S'il est certain, en effet, qu'elle n'a jamais été diplomatiquement exclue de l'administration du Liban, il est non moins certain qu'en réalité elle n'y a jamais participé efficacement, et que l'administration libanaise a toujours été placée sous le contrôle exclusif de la France, de l'Angleterre et de la Russie. Le nouveau protocole spécifie nettement l'égalité des droits des six grandes puissances (Allemagne, Autriche-Hongrie, France, Grande-Bretagne, Italie et Russie) sur le Liban. L'impression dans les milieux diplomatiques et dans l'opinion publique a été très nette sur ce point, et le nouveau protocole a été interprété partout comme une intrusion de la Triple-Alliance dans les affaires libanaises. On peut penser que le moment était mal choisi, et que mettre en relief les droits de l'Allemagne à l'heure précise où elle s'efforce de s'implanter en Syrie était, de la part de la France, au moins une maladresse.

VIII

CONCLUSION

De ces points de vue divers et presque opposés, il n'est guère possible de dégager une orientation générale, une tendance commune. La vérité, c'est que dans les affaires méditerranéennes, comme dans le problème européen tout entier, les efforts des puissances se neutralisent en se combattant. La même loi qui a prolongé la vie de l'empire ottoman maintient sur bien des points le *statu quo* méditerranéen. Tant que les convoitises et les rivalités s'opposent l'une à l'autre, l'équilibre subsiste, c'est-à-dire la paix. Mais cet équilibre est si instable, si fragile, que l'introduction du moindre élément nouveau menace de le détruire. C'est ainsi que les victoires de la Confédération balkanique ont bouleversé, même au point de vue méditerranéen, la question d'Orient, et ont amené les puissances européennes à transformer la base de leur politique extérieure. Si, au lendemain de ses victoires, la Confédération balkanique, au lieu de se dissoudre, s'affermit et parvient à constituer, dans le sud-est de l'Europe, un empire agissant et fort, l'équilibre méditerranéen est rompu. Dès lors, par la nécessité même des choses, il tendra à se rétablir sur un autre plan, à se transformer pour ne pas disparaître. Le rôle de la Russie, de l'Allemagne, de la Grèce elle-même, peut devenir demain, en raison de ces circonstances, tout différent de ce qu'il est aujourd'hui.

Vu dans son ensemble, le problème méditerranéen tend plus à se compliquer et à s'étendre qu'à se simplifier et à se résoudre, et les grandes routes commerciales qui se préparent ou qui s'achèvent — celle du

Cap au Caire, celle de Scutari d'Asie à Bassorah, celle aussi d'Alexandrie à Bassorah et à Calcutta — lui donneront de jour en jour une importance plus grande.

Il est curieux de constater à quel point cette Méditerranée, mer centrale du monde ancien, conserve, aujourd'hui encore, son rôle d'autrefois. Non seulement elle constitue la zone de jonction de trois mondes, mais les routes qui partent d'elle ou qui convergent vers elle permettent à l'influence qui les détient de refluer jusqu'aux extrêmes limites de l'Asie ou de l'Afrique. Et si l'on va au fond des choses, on voit que c'est là surtout le point essentiel du problème. Si l'Angleterre veut rester maîtresse de la Méditerranée par Gibraltar, Malte et Suez, c'est parce qu'elle veut rester maîtresse de la route maritime des Indes, comme elle veut pouvoir disposer de la route terrestre de ces mêmes Indes par Jérusalem, Damas, Bassorah et la rive septentrionale du Golfe Persique. Si la Russie veut atteindre Smyrne ou Payas, si l'Autriche veut atteindre Salonique, si l'Allemagne veut établir sa domination sur toute la région que traverse la Bagdad-Bahn, c'est toujours pour conquérir et pour détenir une des grandes routes commerciales du globe. Sous cet aspect, le problème méditerranéen cesse d'être un problème particulier et local. Il embrasse toute la vie matérielle et morale de trois continents, et met en jeu les destinées de vingt peuples. De la solution qui lui sera donnée, dépend l'avenir de cette immense Turquie d'Asie, morte et stérile, et peut-être demain active et féconde comme aux époques babyloniennes. La civilisation oscille d'un bord à l'autre comme le flux et le reflux de la mer. La riche Cyrénaïque peut renaître sur les rivages désolés de la Tripolitaine; et l'on sait qu'il existe déjà tout un projet allemand pour refaire de la Chaldée la terre inépuisable qu'elle fut autrefois. A vrai dire, toutes ces perspectives, même lointaines, méritent d'être observées

avec attention. Le problème méditerranéen est aujour-
d'hui, pour chacune des grandes nations de l'Europe,
un problème prédominant, parce que celles d'entre elles
qui n'obtiendront point une part de victoire dans l'âpre
lutte qui se poursuit seront en quelque sorte désarmées
pour les grandes batailles économiques de l'avenir.

TABLE DES MATIÈRES

	Pages
I — Le problème méditerranéen. . .	1
II — Le point de vue anglais	5
III — Le point de vue allemand.	21
IV — Le point de vue italien	37
V — Le point de vue austro-hongrois.	47
VI — Le point de vue russe	61
VII — Le point de vue français	73
VIII — Conclusion.	83

NANCY-PARIS, IMPRIMERIE BERGER-LEVRAULT

LIBRAIRIE MILITAIRE BERGER-LEVRAULT

PARIS, 5-7, RUE DES BEAUX-ARTS — RUE DES GLACIS, 18, NANCY

Les Poudres de la Guerre et de la Marine en France et à l'Étranger, par Maurice CABART DANNEVILLE, sénateur de la Manche. 1913. Un volume in-12 de 398 pages, broché. . . . . **3 fr. 50**

La Bataille navale. *Études sur les facteurs tactiques,* par le lieutenant de vaisseau A. BAUDRY ; suivi de *Remarques,* par le capitaine breveté G. LAUR, de la section technique d'infanterie. 1912. Un volume grand in-8 de 258 pages, avec 35 croquis dans le texte et 4 planches hors texte, broché. . . . . . . **5 fr.**

L'Esprit de la Guerre navale, par René DAVELUY, capitaine de frégate, lauréat de l'Institut :

I. — **La Stratégie.** (Deuxième édition de l'*Étude sur la Stratégie navale.*) 1909. Un volume in-8 de 401 pages, broché . . . . **6 fr.**
II. — **La Tactique.** (Deuxième édition de l'*Étude sur le Combat naval.*) 1910. Un volume in-8 de 153 pages, broché . . . . **2 fr. 50**
III. — **L'Organisation des Forces.** (Inédit.) 1910. Un volume in-8 de 328 pages, broché. . . . . **5 fr.**

La Flotte nécessaire. *Ses avantages stratégiques, tactiques et économiques,* par le vice-amiral F.-E. FOURNIER. 1896. Un volume in-12, broché. . . . **3 fr.**

La Politique navale et la Flotte française, par le même. 1910. Un volume grand in-8, broché. . . . . **6 fr.**

La Marine qu'il nous faut, par Charles Bos, député, rapporteur du budget de la marine. Avec une préface d'Édouard LOCKROY, ancien ministre de la Marine. 1906. Un volume in-12 de 466 pages, broché. . . . . **3 fr. 50**

Refaisons une Marine, par le même. 1910. Un volume in-12 de 272 pages, broché. . . . . **2 fr. 50**

La Marine et la Défense des côtes. *Marine et Guerre,* par le vice-amiral MELCHIOR. 1907. Un volume in-8, broché. . . . . **2 fr. 50**

Guerre et Marine. *Essai sur l'unité de la défense nationale,* par Paul FONTIN, ancien secrétaire de l'amiral Aube. Préface de M. MESSIMY, député, rapporteur du budget de la guerre. 1906. Un volume in-8 de 272 pages, broché. . . **3 fr. 50**

Programme naval. *Études maritimes,* par Charles FERRAND, ingénieur en chef de la Marine. 1908. Un volume in-12 de 261 pages, broché . . . . . . **3 fr.**

Notre Marine de guerre en 1899. *Les vices de son organisation. Un programme de réformes,* par le même. Nouveau tirage. 1908. Un volume in-12, broché. . . . . **2 fr. 50**

Comment réformer notre Marine ? par le même. 1911. Un volume in-8, broché. . . . . **2 fr.**

Le Traité de Francfort. *Étude d'histoire diplomatique et de droit international,* par Gaston MAY, professeur à l'Université de Paris. (Ouvrage récompensé par l'Académie des Sciences morales et politiques.) 1909. Un volume in-8 de 358 pages, avec 3 cartes, broché. . . . . **6 fr.**

Vaincre. Esquisse d'une Doctrine de la Guerre, basée sur la connaissance de l'*Homme et de la Morale,* par le lieutenant-colonel MONTAIGNE. 1913. Trois volumes grand in-8, brochés :

— I. *Préparation à l'Étude de la Guerre.* . . . . **6 fr.**
— II. *Étude de la Guerre.* . . . . **6 fr.**
— III. *La Guerre.* . . . . **4 fr.**

La Doctrine de Défense nationale, par le capitaine SORB. *Stratégie moderne. La prochaine guerre franco-allemande. La question des alliances et des ententes.* 1912. Un volume grand in-8 de 420 pages, broché . . . . . **7 fr. 50**

Opinions allemandes sur la Guerre moderne, d'après les principaux écrivains militaires allemands.

— 1er FASCICULE : **Les Bases de l'Art de la Guerre. Armement et Technique modernes.** 1912. Un volume grand in-8, broché. . . . . **1 fr.**
— 2e FASCICULE : **Méthodes de commandement. Mécanisme des marches. L'Offensive et la Défensive.** 1912. Un vol. grand in-8, br. **1 fr.**
— 3e FASCICULE : **Principes fondamentaux de la Stratégie et de la Tactique. Conduite des opérations. Opérations sur mer.** 1912. Un volume grand in-8, broché. **1 fr.**

LIBRAIRIE MILITAIRE BERGER-LEVRAULT

PARIS, 5-7, RUE DES BEAUX-ARTS — RUE DES GLACIS, 18, NANCY

Histoire de la Guerre Italo-Turque 1911-1912, par Un TÉMOIN. Un volume in-8, broché . . . . **2 fr. 50**

Vers la Victoire avec les Armées Bulgares, par le lieutenant H. WAGNER, de l'armée austro-hongroise, correspondant de guerre de la *Reichspost*. Préface de M. GESCHOFF, Président du Conseil des ministres de Bulgarie. Traduit de l'allemand par le commandant MINART. 1913. Un volume in-8, avec 24 gravures et 4 cartes hors texte, broché. . . . . **5 fr.**

Au Feu avec les Turcs. *Journal d'opérations.* (*Campagne de Thrace, 12 octobre-14 novembre 1912*), par G. von HOCHWÆCHTER, major dans l'armée ottomane, attaché à l'état-major de Mahmud-Muhktar-Pacha. Traduit de l'allemand par le commandant MINART. 1913. Un volume in-8, avec 4 cartes hors texte, broché. . . . . **3 fr.**

L'Italie actuelle. *Le sol et la formation historique. La situation à l'intérieur. Les forces militaires. Les relations extérieures,* par le lieutenant REVOL. 1907. Un volume in-8, broché . . . . **2 fr. 50**

La Jeune-Turquie et la Révolution, par A. SARROU, capitaine d'infanterie hors cadre, commandant dans la gendarmerie ottomane. 1912. Un volume in-12, avec 2 cartes, broché. **3 fr. 50**

L'Anabase de Xénophon ou la Retraite des Dix-Mille. *Avec un Commentaire historique et militaire,* par le colonel Arthur BOUCHER. 1913. Un volume in-4 de 406 pages, avec 48 cartes, plans et croquis, broché. . . **25 fr.**

Préparons-nous à la Victoire, par Luigi NASI, major de bersagliers. Traduit de l'italien par le commandant PAINVIN, chef de bataillon d'infanterie. 1912. Un volume in-12 de 93 pages, broché. . . . . **1 fr. 50**

Force au Droit (*Question d'Alsace-Lorraine*), par Max MARINGER. 1913. Un volume in-12, avec 2 cartes dressées par le lieutenant LAPOINTE, br. **3 fr. 50**

La France victorieuse dans la Guerre de demain. *Étude stratégique,* par le colonel Arthur BOUCHER. Édition revue et corrigée. 21e mille. 1912. Un volume in-8, avec 9 tableaux et 3 cartes, broché. . . . . **1 fr. 25**

L'Offensive contre l'Allemagne. *Étude stratégique,* par le même. Édition revue et corrigée. 13e mille. 1912. Un volume in-8, avec 3 cartes, broché. **1 fr.**

La Belgique à jamais indépendante. *Étude stratégique,* par le même. 5e mille. 1913. Un volume in-8, avec 2 cartes, broché. . . . . **1 fr.**

Nos Frontières de l'Est et du Nord. *Le service de deux ans et sa répercussion sur leur défense,* par le général MAITROT. 2e mille. 1913. Un volume grand in-8, avec 9 cartes et 8 croquis, broché . . . . **3 fr. 50**

Une Réponse française au Programme militaire allemand, par le capitaine LE FRANÇAIS. 1912. Un volume in-8, broché. . . . . **2 fr. 50**

La Prochaine Guerre, par Charles MALO. Avec une Préface par Henri WELSCHINGER, de l'Institut. 1912. Un volume grand in-8 . . . . . . **2 fr.**

Les Armements allemands. *La Riposte,* par le capitaine Pierre FÉLIX. 1912. Un volume in-8 de 137 pages, broché . . . . **1 fr.**

Artilleries allemande et française. *Comparaison,* par le lieutenant-colonel BEYEL, du 8e régiment d'artillerie. 1911. Un volume in-8, broché. . . . . **2 fr.**

État militaire de toutes les Nations du monde en 1912, par Charles MALO. Un volume in-8 étroit de 150 pages, broché . . . . **1 fr. 25**

Les Flottes de Combat en 1912, par le capitaine de frégate DE BALINCOURT. 11e édition. Un volume in-16 de 796 pages, avec 390 figures schématiques de bâtiments, relié en percaline souple, tranches rouges . . . . **5 fr.**

NANCY-PARIS, IMPR. BERGER-LEVRAULT

BIBLIOTHEQUE NATIONALE DE FRANCE

3 7502 00604753 6

www.ingramcontent.com/pod-product-compliance
Lightning Source LLC
Chambersburg PA
CBHW060440260626
47161CB00005B/2015